你的侧影好美

张晓风 著

国际文化出版公司
·北京·

图书在版编目（CIP）数据

你的侧影好美／张晓风著.—北京：国际文化出版公司，2015.10
ISBN 978-7-5125-0802-6

I.①你… II.①张… III.①散文集－中国－当代 IV.① I267

中国版本图书馆 CIP 数据核字（2015）第 175369 号

本著作物经厦门墨客知识产权代理有限公司代理，由九歌出版社有限公司授权国际文化出版公司在中国大陆独家出版、发行中文简体字版。

著作权登记号　图字：01-2015-4296 号

你的侧影好美

作　　者	张晓风
责任编辑	宋亚旦
统筹监制	葛宏峰　李　莉
策划编辑	李　莉　耿媛媛
特约编辑	刘轩溢
图片提供	纸飞机影像馆　华盖创意　张　楠
美术编辑	秦　宇
出版发行	国际文化出版公司
经　　销	国文润华文化传媒（北京）有限责任公司
印　　刷	三河市同力彩印有限公司
开　　本	880 毫米 ×1230 毫米　　　32 开 8.5 印张　　　　　　　　　158 千字
版　　次	2015 年 10 月第 1 版 2018 年 12 月第 2 次印刷
书　　号	ISBN 978-7-5125-0802-6
定　　价	36.00 元

国际文化出版公司
北京朝阳区东土城路乙 9 号　邮编：100013
总编室：（010）64271551　传真：（010）64271578
销售热线：（010）64271187
传真：（010）64271187-800
E-mail: icpc@95777.sina.net
http://www.sinoread.com

你的

侧影好美

目 录

辑 一

你还要
怎样更好的
世界

我在 010

我喜欢 019

正在发生 031

没有痕迹的痕迹 035

回头觉 039

我有一根祈雨棍 041

一句好话 045

回首风烟 055

一碟辣酱 061

辑 二

爱一个人，
就是在冰箱里
为他留一只
苹果

一个女人的爱情观 066

四个身处婚姻危机的女人 072

卓文君和她的一文铜钱 075

矛盾篇 080

爱情篇 085

地毯的那一端 092

步下红毯之后 104

别人的同学会 111

辑 三

不识

初绽的诗篇…… *116*

初雪…… *142*

娇女篇——记小女儿…… *149*

我交给你们一个孩子…… *161*

遇见…… *163*

给我一个解释…… *167*

不识…… *179*

母亲的羽衣…… *185*

绿色的书简…… *193*

辑 四

晓风，
杨柳岸

初心 …… 206

一双小鞋 …… 213

你的侧影好美 …… 217

种种有情 …… 221

画晴 …… 233

女人，和她的指甲刀 …… 243

当下 …… 246

我有 …… 251

只是因为年轻啊 …… 257

树在。山在。大地在。岁月在。我在。你还要怎样更好的世界?

辑 一

你还要

怎样更好的

世界

我在

> 天神的存在是无始无终浩浩莽莽的无限,
> 而我是此时际此山此水中的有情和有觉。

记得是小学三年级,偶然生病,不能去上学,于是抱膝坐在床上,望着窗外寂寂青山、迟迟春日,心里竟有一份巨大幽沉至今犹不能忘的凄凉。当时因为小,无法对自己说清楚那番因由,但那份痛,却是记得的。

为什么痛呢?现在才懂,只因你知道,你的好朋友都在那里,而你偏不在,于是你痴痴地想,他们此刻在操场上追追打打吗?他们在教室里挨骂吗?他们到底在干什么啊?不管是好是歹,我想跟他们在一起啊!一起挨骂挨打都是好的啊!

于是,开始喜欢点名,大清早,大家都坐得好好的,小脸还没有开始脏,小手还没有汗湿,老师说:

"×××"

"在！"

正经而清脆，仿佛不是回答老师，而是回答宇宙乾坤，告诉天地，告诉历史，说，有一个孩子"在"这里。

回"在"字，对我而言总是一种饱满的幸福。

然后，长大了，不必被点名了，却迷上旅行。每到山水胜处，总想举起手来，像那个老是睁着好奇圆眼的孩子，回一声：

"我在。"

"我在"和"某某到此一游"不同，后者张狂跋扈，目无余子，而说"我在"的仍是个清晨去上学的孩子，高高兴兴地回答长者的问题。

其实人与人之间，或为亲情或为友情或为爱情，哪一种亲密的情谊不能基于我在这里，刚好，你也在这里的前提？一切的爱，不就是"同在"的缘分吗？就连神明，其所以神明，也无非由于"昔在、今在、恒在"，以及"无所不在"的特质。而身为一个人，我对自己"只能出现于这个时间和空间的局限"感到另一种可贵，仿佛我是拼图板上扭曲奇特的一块小形状，单独看，毫无意义，及至恰恰嵌在适当的时空，却也是不可少的一块。天神的存在是无始无终浩浩莽莽的无限，而我是此时际此山此水中的有情和有觉。

有一年，和丈夫带着一团的年轻人到美国和欧洲去表演，我坚持选崔颢的《长干曲》作为开幕曲，在一站复一站的陌生城市里，

辑一　你还要怎样更好的世界

舞台上碧色绸子抖出来粼粼水波,唐人乐府悠然导出。

> 君家何处走,妾住在横塘。
> 停船暂借问,或恐是同乡。

渺渺烟波里,只因错肩而过,只因你在清风我在明月,只因彼此皆在这地球,而地球又在太虚,所以不免停舟问一句话,问一问彼此隶属的籍贯,问一问昔日所生、他年所葬的故里,那年夏天,我们也是这样一路去问海外中国人的隶属所在的啊!

《旧约》里记载了一则三千年前的故事,那时老先知以利因年迈而昏聩无能,坐视宠坏的儿子横行,小先知撒母耳却仍是幼童,懵懵懂懂地穿件小法袍在空旷的大圣殿里走来走去。然而,事情发生了,有一夜他听见轻声的呼唤:

"撒母耳!"

他虽渴睡却是个机警的孩子,跳起来,便跑到老人以利面前:

"你叫我,我在这里!"

"我没有叫你,"老态龙钟的以利说,"你去睡吧!"

孩子躺下,他又听到相同的叫唤:

"撒母耳!"

"我在这里,是你叫我吧?"他又跑到以利跟前。

"不是,我没叫你,你去睡吧。"

第三次他又听见那召唤的声音,小小的孩子实在给弄糊涂了,但他仍然尽快跑到以利面前。

老以利蓦然一惊,原来孩子已经长大了,原来他不是小孩子梦里听错了话,不,他已听到第一次天音,他已面对神圣的召唤。虽然他只是一个稚弱的小孩,虽然他连什么是"天之钟命"也听不懂,可是,旧时代毕竟已结束,少年英雄会受天承运挑起八方风雨。

"小撒母耳,回去吧!有些事,你以前不懂,如果你再听到那声音,你就说:'神啊!请说,我在这里。'"

撒母耳果真第四度听到声音,夜空烁烁,廊柱耸立如历史,声音从风中来,声音从星光中来,声音从心底的潮声中来,来召唤一个孩子。撒母耳自此至死,一直是个威仪赫赫的先知,只因多年前,当他还是稚童的时候,他答应了那声呼唤,并且说:"我,在这里。"

我当然不是先知,从来没有想做"救星"的大志,却喜欢让自己是一个"紧急待命"的人,随时能说"我在,我在这里?"

这辈子从来没喝得那么多,大约是一瓶啤酒吧,那是端午节的晚上,在澎湖的小离岛。为了纪念屈原,渔人那一天不出海,小学校长陪着我们和家长会的朋友吃饭,对着仰着脖子的敬酒者你很难说"不"。他们喝酒的样子和我习见的学院人士大不相同,几杯下肚,忽然红上脸来，原来酒的力量竟是这么大的。起先，那些宽阔黧黑的脸不免不自觉地有一份面对台北人和读书人的卑抑，但一喝了酒，竟人人急着说起话来，说他们没有淡水的日子怎么苦，说淡水管如何修好了又坏了，说他们宁可倾家荡产，也不要天天开船到别的岛上去搬运淡水……

而他们嘴里所说的淡水，在台北人看来，也不过是咸涩难咽的怪味水罢了——只是于他们却是遥不可及的美梦。

我们原来只是想去捐书，只是想为孩子们设置阅览室，没有料到他们红着脸粗着脖子叫嚷的却是水！这个岛有个好听的名字，叫岛屿，岩岸是美丽的黑得发亮的玄武石组成的。浪大时，水珠会跳过教室直落到操场上来，澄莹的蓝波里有珍贵的丁香鱼，此刻餐桌上则是酥炸的海胆，鲜美的小鳝……然而这样一个岛，却没有淡水。

我能为他们做什么？在同盏共饮的黄昏，也许什么都不能，但至少我在这里，在倾听，在思索我能做的事……

读书，也是一种"在"。

有一年，到图书馆去，翻一本《春在堂笔记》，那是俞樾先生的集子，红绸精装的封面，打开封底一看，竟然从来也没人借阅过，真是"古来圣贤皆寂寞"啊！心念一动，便把书借回家去。书在，春在，但也要读者在才行啊！我的读书生涯竟像某些人玩"碟仙"，仿佛面对作者的精魄。对我而言，李贺是随召而至的，悲哀悼亡的时刻，我会说："我在这里，来给我念那首《苦昼短》吧！念'吾不识青天高，黄地厚，唯见月寒日暖，来煎人寿'。"读那首韦应物的《调笑令》的时候，我会轻轻地念："胡马，胡马，远放燕支山下。跑沙跑雪独嘶，东望西望路迷。迷路，迷路，边草无穷日暮。"一面觉得自己就是那从唐朝一直狂弛至今不停的战马，不，也许不是马，只是一股激情，被美所迷，被莽莽黄沙和胭脂红的落日所震慑，因而心绪万千，不知所止的激情。

看书的时候，书上总有绰绰人影，其中有我，我总在那里。

《旧约·创世纪》里，堕落后的亚当在凉风乍至的伊甸园把自己藏匿起来。上帝说：

"亚当，你在哪里？"

他噤而不答。

如果是我，我会走出，说：

"上帝，我在，我在这里，请你看着我，我在这里。不比一个凡人好，也不比一个凡人坏，我有我的逊顺祥和，也有我的叛逆凶戾，我在我无限的求真求美的梦里，也在我脆弱不堪一击的人性里。上帝啊，俯察我，我在这里。"

"我在"，意思是说我出席了，在生命的大教室里。

几年前，我在山里说过的一句话容许我再说一遍，作为终响：

"树在。山在。大地在。岁月在。我在。你还要怎样更好的世界？"

"我在！"就是为了证明自己的存在。在这个世界上，在这个城市里，在每一个人的心中，证明自己的价值。这是一种自信，一种坚定。

辑一　你还要怎样更好的世界

我喜欢

> 那时候智慧深邃明彻,爱情渐渐醇化,生命也开始慢慢蜕变,好进入另一个安静美丽的世界。

我喜欢活着,生命是如此地充满了愉悦。

我喜欢冬天的阳光,在迷茫的晨雾中展开。我喜欢那份宁静淡远,我喜欢那没有喧哗的光和热,而当中午,满操场散坐着晒太阳的人,那种原始而纯朴的意象总深深地感动着我的心。

我喜欢在春风中踏过窄窄的山径,草莓像精致的红灯笼,一路殷勤的张结着。我喜欢抬头看树梢尖尖的小芽儿,极嫩的黄绿色中透着一派天真的粉红——它好像准备着要奉献什么,要展示什么。那柔弱而又生意盎然的风度,常在无言中教导我一些最美丽的真理。

我喜欢看一块平平整整、油油亮亮的秧田。那细小的禾苗密密地排在一起,好像一张多绒的毯子,是集许多翠禽的羽毛织成的,它总是激发我想在上面躺一躺的欲望。

我喜欢夏日的永昼,我喜欢在多风的黄昏独坐在傍山的阳台上。小山谷里的稻浪推涌,美好的稻香翻腾着。慢慢地,绚丽的云霞被浣净了,柔和的晚星遂一一就位。我喜欢观赏这样的布景,我喜欢坐在那舒服的包厢里。

我喜欢看满山芦苇,在秋风里凄然地白着。在山坡上,在水边上,美得那样凄凉。那次,刘告诉我他在梦里得了一句诗:"雾树芦花连江白。"意境是美极了,平仄却很拗口。想凑成一首绝句,却又不忍心改它。想联成古风,又苦再也吟不出相当的句子。至今那还只是一句诗,一种美而孤立的意境。

我也喜欢梦,喜欢梦里奇异的享受。我总是梦见自己能飞,能跃过山丘和小河。我总是梦见奇异的色彩和悦人的形象。我梦见棕色的骏马,发亮的鬣毛在风中飞扬。我梦见成群的野雁,在河滩的丛草中歇宿。我梦见荷花海,完全没有边际,远远在炫耀着模糊的香红——这些,都是我平日不曾见过的。最不能忘记那次梦见在一座紫色的山峦前看日出——它原来必定不是紫色的,只是翠岚映着初升的红日,遂在梦中幻出那样奇特的山景。

我当然同样在现实生活里喜欢山,我办公室的长窗便是面山而开的。每次当窗而坐,总沉得满几尽绿,一种说不出的柔如。较远的地方,教堂尖顶的白色十字架在透明的阳光里巍立着,把蓝天撑得高高地。

我还喜欢花,不管是哪一种,我喜欢清瘦的秋菊,浓郁的玫瑰,孤洁的百合,以及幽闲的素馨。我也喜欢开在深山里不知名的小野花。十字形的、斛形的、星形的、球形的。我十分相信上帝在造万花的时候,赋给它们同样的尊荣。

我喜欢另一种花儿,是绽开在人们笑颊上的。当寒冷早晨我在巷子里,对门那位清癯的太太笑着说:"早!"我就忽然觉得世界是这样的亲切,我缩在皮手套里的指头不再感觉发僵,空气里充满了和善。

当我到了车站开始等车的时候,我喜欢看见短发齐耳的中学生,那样精神奕奕的,像小雀儿一样快活的中学生。我喜欢她们美好宽阔而又明净的额头,以及活泼清澈的眼神。每次看着他们老让我想起自己,总觉得似乎我仍是他们中间的一个。仍然单纯地充满了幻想,仍然那样容易受感动。

当我坐下来,在办公室的写字台前,我喜欢有人为我送来当天的信件。我喜欢读朋友们的信,没有信的日子是不可想象的。我喜欢读弟弟妹妹的信,那些幼稚纯朴的句子,总是使我在泪光中重新看见南方那座燃遍凤凰花的小城。最不能忘记那年夏天,德从最高的山上为我寄来一片蕨类植物的叶子。在那样酷暑的气候中,我忽然感到甜蜜而又沁人的清凉。

我特别喜爱读者的信件,虽然我不一定有时间回复。每次捧读

辑一　你还要怎样更好的世界

这些信件，总让我觉得一种特殊的激动。在这世上，也许有人已透过我看见一些东西。这不就够了吗？我不需要永远存在，我希望我所认定的真理永远存在。

我把信件分放在许多小盒子里，那些关切和怀谊都被妥善的保存着。

除了信，我还喜欢看一点书，特别是在夜晚，在一灯荧荧之下。我不是一个十分用功的人，我只喜欢看词曲方面的书。有时候也涉及一些古拙的散文，偶然我也勉强自己看一些浅近的英文书，我喜欢他们文字变化的活泼。

夜读之余，我喜欢拉开窗帘看看天空，看看灿如满园春花的繁星。我更喜欢看远处山坳里微微摇晃的灯光。那样模糊，那样幽柔，是不是那里面也有一个夜读的人呢？

在书籍里面我不能自抑地要喜爱那些泛黄的线装书，握着它就觉得握着一脉优美的传统，那涩黯的纸面蕴含着一种古典的美。我很自然地想到，有几个人执过它，有几个人读过它。他们也许都过去了。历史的兴亡、人物的迭代本是这样虚幻，唯有书中的智慧永远长存。

我喜欢坐在汪教授家中的客厅里，在落地灯的柔辉中捧一本线装的昆曲谱子。当他把旧发亮的褐色笛管举到唇边的时候，我就开始轻轻地按着板眼唱起来，那柔美幽咽的水磨调在室中低回着，寂宽而空荡，像江南一池微凉的春水。我的心遂在那古老的音乐中体味到一种无可奈何的轻愁。

我就是这样喜欢着许多旧东西，那块小毛巾，是小学四年级参加《儿童周刊》父亲节征文比赛得来的。那一角花岗石，是小学毕业时和小曼敲破了各执一半的。那具布娃娃是我儿时最忠实的伴侣。那本毛笔日记，是七岁时被老师逼着写成的。那两只蜡烛，是我过二十岁生日的时候，同学们为我插在蛋糕上的……我喜欢这些财富，以致每每整个晚上都在痴坐着，沉浸在许多快乐的回忆里。

我喜欢翻旧相片，喜欢看那个大眼睛长辫子的小女孩。我特别喜欢坐在摇篮里的那张，那么甜美无忧的时代！我常常想起母亲对我说："不管你们将来遭遇什么，总是回忆起来，人们还有一段快活的日子。"是的，我骄傲，我有一段快活的日子——不只是一段，我相信那是一生悠长的岁月。

我喜欢把旧作品一一检视，如果我看出已往作品缺点，我就高兴得不能自抑——我在进步！我不是在停顿！这是我最快乐的事了，我喜欢进步！

我喜欢美丽的小装饰品，像耳环、项链、和胸针。那样晶晶闪闪的、细细微微的、奇奇巧巧的。它们都躺在一个漂亮的小盆子里，炫耀着不同的美丽，我喜欢不时看看它们，把它们佩在我的身上。

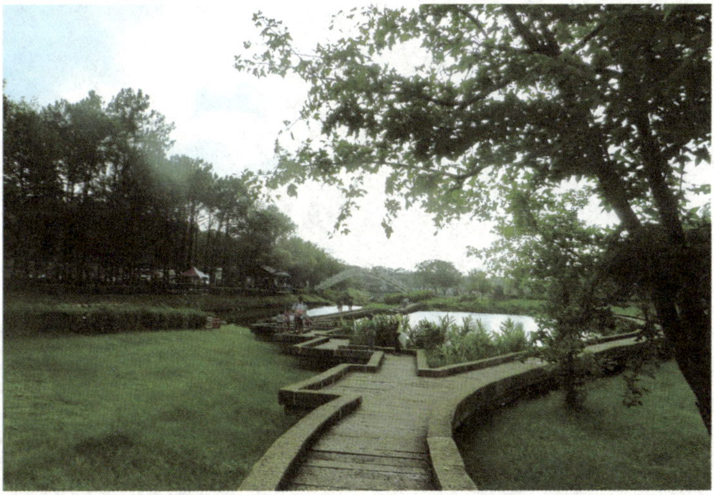

我就是喜欢这么松散而闲适的生活,我不喜欢精密的分配的时间,不喜欢紧张的安排节目。我喜欢许多不实用的东西,我喜欢充足的沉思时间。

我喜欢晴朗的礼拜天清晨,当低沉的圣乐冲击着教堂的四壁,我就忽然升入另一个境界,没有纷扰,没有战争,没有嫉恨与恼怒。人类的前途有了新光芒,那种确切的信仰把我带入更高的人生境界。

我喜欢在黄昏时来到小溪旁。四顾没有人,我便伸足入水——那被夕阳照得极艳丽的溪水,细沙从我趾间流过,某种白花的瓣儿随波飘去,一会儿就幻灭了——这才发现那实在不是什么白花瓣儿,只是一些被石块激起来的浪花罢了。坐着,坐着,好像天地间流动着和暖的细流。低头沉吟,满溪红霞照得人眼花,一时简直觉得双足是浸在一钵花汁里呢!

我更喜欢没有水的河滩,长满了高及人肩的蔓草。日落时一眼望去,白石不尽,有着苍莽凄凉的意味。石块垒垒,把人心里慷慨的意绪也堆叠起来了。我喜欢那种情怀,好像在峡谷里听人喊秦腔,苍凉的余韵回转不绝。

我喜欢别人不注意的东西,像草坪上那株没有理会的扁柏,那株瑟缩在高大龙柏之下的扁柏。每次我走过它的时候总要停下来,嗅一嗅那股儿清香,看一看它谦逊的神气。有时候我又怀疑它是不是谦逊，因为也许它根本不觉得龙柏的存在。又或许它虽知道有龙柏存在，也不认为伟大与平凡有什么两样——事实上伟大与平凡的确也没有什么两样。

我喜欢朋友，喜欢在出其不意的时候去拜访他们。尤其喜欢在雨天去叩湿湿的大门，在落雨的窗前话旧真是多么美，记得那次到中部去拜访芷的山居，我永不能忘记她看见我时的惊呼。当她连跑带跳地来迎接我，山上阳光就似乎忽然炽燃起来了。我们走在向日葵的荫下，慢慢地倾谈着。那迷人的下午像一阕轻快的曲子，一会儿就奏完了。

我极喜欢，而又带着几分崇敬去喜欢的，便是海了。那辽阔，那淡远，都令我心折。而那雄壮的气象，那平稳的风范，以及那不可测的深沉，一直向人类作着无言的挑战。

我喜欢家，我从来还不知道自己会这样喜欢家。每当我从外面回来，一眼看到那窄窄的红门，我就觉得快乐而自豪，我有一个家多么奇妙！

我也喜欢坐在窗前等他回家来。虽然过往的行人那样多，我总能分辨他的足音。那是很容易的，如果有一个脚步声，一入巷子就开始跑，而且听起来是沉重急速的大阔步，那就准是他回来了！我喜欢他把钥匙放进门锁中的声音，我喜欢听他一进门就喘着气喊我的英文名字。

辑一　你还要怎样更好的世界

我喜欢晚饭后坐在客厅里的时分。灯光如纱,轻轻地撒开。我喜欢听一些协奏曲,一面捧着细瓷的小茶壶暖手。当此之时,我就恍惚能够想象一些田园生活的悠闲。

我也喜欢户外的生活,我喜欢和他并排骑着自行车。当礼拜天早晨我们一起赴教堂的时候,两辆车子便并弛在黎明的道上,朝阳的金波向两旁溅开,我遂觉得那不是一辆脚踏车,而是一艘乘风破浪的飞艇,在无声的欢唱中滑行。我好像忽然又回到刚学会骑车的那个年龄,那样兴奋,那样快活,那样唯我独尊——我喜欢这样的时光。

我喜欢多雨的日子。我喜欢对着一盏昏灯听檐雨的奏鸣。细雨如丝,如一天轻柔的叮咛。这时候我喜欢和他共撑一柄旧伞去散步。伞际垂下晶莹成串的水珠——一幅美丽的珍珠帘子。于是伞下开始有我们宁静隔绝的世界,伞下缭绕着我们成串的往事。

我喜欢在读完一章书后仰起脸来和他说话,我喜欢假想许多事情。

"如果我先死了,"我平静地说着,心底却泛起无端的哀愁,"你要怎么样呢?"

"别说傻话,你这憨孩子。"

"我喜欢知道,你一定要告诉我,如果我先死了,你要怎么办?"

他望着我,神色愀然。

"我要离开这里,到很远的地方去,去做什么,我也不知道,总之,是很遥远的很蛮荒的地方。"

"你要离开这屋子吗?"我急切地问,环视着被布置得像一片紫色梦谷的小屋。我的心在想象中感到一种剧烈的痛楚。

"不,我要拼着命去赚很多钱,买下这栋房子。"他慢慢地说,声音忽然变得凄怆而低沉:

"让每一样东西像原来那样被保持着。哦,不,我们还是别说这些傻话吧!"

我忍不住潸泪泫然了,我不明白,为什么我喜欢问这样的问题。

"哦,不要痴了,"他安慰着我,"我们会一起死去的。想想,多美,我们要相偕着去参加天国的盛会呢!"

我喜欢相信他的话,我喜欢想象和他一同跨入永恒。

我也喜欢独自想象老去的日子,那时候必是很美的。就好像夕晖满天的景象一样。那时再没有什么可争夺的,可留连的。一切都淡了,都远了,都漠然无介于心了。那时候智慧深邃明彻,爱情渐渐醇化,生命也开始慢慢蜕变,好进入另一个安静美丽的世界。啊,那时候,那时候,当我抬头看到精金的大道,碧玉的城门,以及千万只迎我的号角,我必定是很激励而又很满足的。

我喜欢,我喜欢,这一切我都深深地喜欢!我喜欢能在我心里充满着这样多的喜欢!

正在发生

> 因为看见,因为整个事件发生在我面前,因为是第一手经验,我们便感动。

去菲律宾玩,游到某处,大家在草坪上坐下,有侍者来问,要不要喝椰汁,我说要。只见侍者忽然化身成猴爬上树去,他身手矫健,不到二分钟,他已把现摘的椰子放在我面前,洞已凿好,吸管也已插好,我目瞪口呆。

其实,我当然知道所有的椰子都是摘下来的,但当着我的面摘下的感觉就是不一样。以文体作比喻,前者像读一篇"神话传说",后者却是当着观众一幕幕敷演的舞台剧,前因后果,历历分明。

又有一次,在旧金山,喻丽清带我去码头玩,中午进一家餐厅,点了鱼——然后我就看到白衣侍者跑到庭院里去,在一棵矮树上摘柠檬。过不久,鱼端来,上面果真有四分之一块柠檬。

"这柠檬,就是你刚才在院子里摘的吗?"我问。

辑一　你还要怎样更好的世界

"是呀!"

我不胜欣慕,原来他们的调味品就长在院长里的树上。

还有一次,宿在恒春农家。清晨起来,槟榔花香得令人心神恍惚。主人为我们做了"菜晡蛋"配稀饭,极美味,三口就吃完了。主人说再炒一盘,我这才发现他是跑到鹅舍草堆里去摸蛋的,不幸被母鹅发现,母鹅气红了脸,叽嘎大叫,主人落荒而逃。第二盘蛋便在这有声有色的场景配乐中上了菜,我这才了解那蛋何以那么鲜香腴厚。而母鹅訾骂不绝,掀天翻地,我终于恍然大悟,原来每一枚蛋的来历都如希腊神话中普罗米修斯盗天火,又如《白蛇传》故事中的〈盗仙草〉,都是一种非分。我因妄得这非分之惠而感念谢恩——这些,都是十年前的事了。今晨,微雨的窗前,坐忆旧事,心中仍充满愧疚和深谢,对那只鹅。一只蛋,对她而言原是传宗接代存亡续绝的大事业啊!

丈夫很少去菜场,大约一年一二次,有一次要他去补充点小东西,他却该买的不买,反买了一大包鱼丸回来,诘问他,他说:

"他们正在做哪!刚做好的鱼丸哪!我亲眼看见他在做的呀——所以就买了。"

用同样的理由,他在澳洲买了昂贵的羊毛衣,他的说辞是:

"他们当我面纺羊毛,打羊毛衣,当然就忍不住买了!"

因为看见,因为整个事件发生在我面前,因为是第一手经验,我们便感动。

但愿我们的城市也充满"正在发生"的律动,例如一棵你看着它长大的市树,一片逐渐成了气候的街头剧场,一股慢慢成形的政治清流,无论什么事,亲自参与了它的发生过程总是动人的。

没有痕迹的痕迹

> 我仍然不时在经过"那地点"的时候,望一望如今已没有痕迹的痕迹。

车又"凝"在高架桥上了,这一次很惨,十五分钟,不动,等动了,又缓如蜗牛。

如果是有车祸,我想,那也罢了,如果没有车祸也这么挤车,想想,真为以后的日子愁死了。

"那么,难道你希望有车祸吗?你这只顾车速却不检讨居心的坏蛋!"我暗骂了自己一句。

"不要这样嘛,我又不会法术,难道我希望有车祸就真会发生车祸吗?"我分辩,"如果有车祸,那可是它自己发生的。"

"宅心仁厚最重要,你给我记住!"

车下了高架桥,我看到答案了,果真是车祸,发生在剑潭地段。一条斑马线,线旁停着肇事的大公车,主角看来只是小小一堆,用白布盖着，我的心陡地抽紧。

为什么街上死人都一例要用白布盖上？大概是基于对路人的仁慈吧？

而那一堆白色又是什么？不再有性别，不再有年龄，不再有职业，不再有智愚，不再有媸妍。死人的单位只是一"具"。

我连默默致意的时间也不多，后面的车子叭我，刚才的恶性等待使大家早失去了耐性。

第二天，车流通畅，又经过剑潭，我刻意慢下来，想看看昨天的现场。一切狼藉物当然早已清理好了，我仔细看去，只有柏油地上一滩比较深的痕迹——这就是人类生物性的留痕吧？当然是血，还有血里所包含的油脂、铁、钾、钠、磷……就只是这样吗？一抹深色痕迹，不知道的人怎知道那里就是某人的一生？

啊，我愿天下人都不要如此撞人致死，使人变成一抹痕迹，我也愿天下没有人被撞死，我不要任何人变成地上的暗迹。

更可哀的是，事情隔了个周末，我再走这条路，居然发现连那抹深痕也不见了。是尘沙磋磨？是烈日晒融了柏油？是大雨冲刷？总之，连那一抹深痕也不见了。

生命可以如此翻脸无情，我算是见识到了。

至今，我仍然不时在经过"那地点"的时候，望一望如今已没有痕迹的痕迹。也许，整个大地，都曾有古人某种方式的留痕——大屯山头可能某一猎人肚破肠流，号称"黑水沟"的海沟中可能曾有人留下一旋泡沫。

如此而已，那么，这世上，还真有一种东西叫做"可争之物"吗？

辑一　你还要怎样更好的世界

回头觉

> 被吵醒而回头再睡的那一觉反而显得更幸福,只有遭剥夺的人才知道自己拥有的是什么。

几个朋友围坐聊天,聊到"睡眠"。

"世上最好的觉就是回头觉。"有一人发表意见。

立刻有好几人附和。回头觉也有人叫"还魂觉",如果睡过,就知道其妙无穷。

回头觉是好觉,这种状况也许并不合理,因为好觉应该一气呵成,首尾一贯才对,一口气睡得饱饱,起来时可以大喝一声:"八小时后又是一条好汉!"

回头觉却是残破的,睡到一半,闹钟猛叫,必须爬起,起来后头重脚轻,昏昏倒倒,神智迷糊,不知怎么却又猛想起,今天是假日,不必上班上学,于是立刻回去倒头大睡。这"倒下之际"那种失而复得的喜悦,是回头觉甜美的原因。

世间万事，好像也是如此，如果不面临"失去"的惶恐，不像遭剥皮一般被活活剥下什么东西，也不会惯悟"曾经拥有"的喜悦。

你不喜欢你所住的公寓，它窄小、通风不良，隔间也不理想。但有一天你忽然听见消息，说它是违章建筑，违反都市计划，市府下个月就要派人来拆了。这时候你才发现它是多么好的一栋房子啊，它多么温馨安适，一旦拆掉真是可惜，叫人到哪里再去找一栋和它相当的好房子？

如果这时候有人告诉你这一切不过是误传，这栋房子并不是违建，你可以安心地住下去——这时候，你不禁欢欣喜忭，仿佛捡到一栋房子。

身边的人也是如此，惹人烦的配偶，缠人的小孩，久病的父母，一旦无常，才知道因缘不易。从癌症魔掌中抢回亲人，往往使我们有叩谢天恩的冲动。

原来一切的"继续"其实都可以被外力"打断"，一切的"进行"都可能强行"中止"，而所谓的"存在"也都可以剥夺成"不存在"。

能睡一个完美的觉的人是幸福的，可惜的是他往往并不知道自己拥有那份幸福。因此被吵醒而回头再睡的那一觉反而显得更幸福，只有遭剥夺的人才知道自己拥有的是什么。

让我们想象一下自己拥有的一切有多少是可能遭掠夺的，这种想象有助于增长自己的"幸福评分指数"。

我有一根祈雨棍

> 枯焦的大地上,我不尊贵,我俯伏,我是为普世的大旱跪求一滴甘霖的祈雨者。

我有一根祈雨棍,我花钱买来的。

买的地点在加拿大的哥伦比亚冰原,这根据说是北美印第安人用的。一般观光客为了省钱省力,大概会买根短棍(一尺或二尺长)做纪念品也就罢了。我却贪心,买了根最长的,是根足足四尺的长棍——店主人说祈雨棍最长也就这么长了。而棍子的直径大约是四公分。

扛着这么根长棍,我又一路旅行到阿拉斯加,在海湾里看杀手鲸和海豚优游,看冰崖雪崩的惊心景状。无论走到哪里,这大棍简直像平剧(注:指京剧)舞台上的齐眉棍,一路引人注目。

祈雨棍的材料是大仙人掌的空心直杆。杆子上原来长满一寸长的利刺,但在制作的时候他们先把杆子晒干,然后很巧妙地把一根

辑一　你还要怎样更好的世界

根外刺反塞到棍子的内腹部，变成固定的内刺。一根棍子摘了刺，又晒得滑溜干挺，十分趁手。他们再把些小砂小石灌进棍子中空的位置，封好封口，晃动棍子，小砂小石便在众刺中间游走。密封的棍子是极好的共鸣箱，一时之间只闻飞沙走石之声盈盈乎耳，仿佛天风折黄云，迅雷动百草，大雨，显然已迫在眉睫，立刻会兜头兜脸地下来。

想当年，莽莽的大草原上，清晨时分，上百巫师，一起举起他们的祈雨棍，那轰轰然如飙风如阵雷的声音节奏，必然令人动容。

我不是农人，对下雨不太有概念，雨对都市人造成种种不便，都市人简直希望雨水应该自动消失才好。但近年来水库缺水，我才蓦然惊觉原来雨水比汽油比金子都可贵。对了，如果雨水是人，我要劝他也不宜太好心，充分供应之余就会产生一群忘恩负义的家伙。应该适度缺货，人类才有"大旱望云霓"的谦卑渴想。人类很贱，过不得好日子，并且从来不懂得珍惜上帝不经祈求就赐下来的东西，像日光，像空气。

回到台湾，我把祈雨棍好好珍藏，并且不时拿出来晃两下，聆听那风狂雨骤的声音。祈雨棍提醒我做人宜卑微，原来，无论多么心高气傲的族类，真正碰到长期不下雨的场面，便不免慌了手脚。人类虽然也应自尊自重，但另一方面却也极需知道自己的有限有穷，能有一根祈雨棍来向我耳提面命，令我自卑自迩，也真是一件好事。

亲爱的上苍，请给我顺遂，请给我丰裕，但也时时容我稍稍感受枯竭的惶急和伤痛。这样，在大雨沛然之际，我才懂得感恩。而且，如果我已顺遂到不知惶急和伤痛为何物，恐怕在这地球上，有一半的人口在忍受的那种心情已与我绝缘。

枯焦的大地上，我不尊贵，我俯伏，我是为普世的大旱跪求一滴甘霖的祈雨者。

一句好话

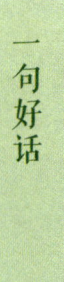

> 久别乍逢的淡淡一句话里,却也有我一生惊动不已,感念不尽的恩情。

小时候过年,大人总要我们说吉祥话,但碌碌半生,竟有一天我也要教自己的孩子说吉祥话了,才蓦然警觉这世间好话是真有的,令人思之不尽,但却不是"升官""发财""添丁"这一类的,好话是什么呢?冬夜的晚上,从爆白果的馨香里,我有一句没一句的想起来了。

1

你们爱吃肥肉?还是瘦肉?

讲故事的是个年轻的女佣人名叫阿密,那一年我八岁,听善忘的她一遍遍重复讲这个她自己觉得非常好听的故事，不免烦腻，故事是这样的：

有个人啦，欠人家钱，一直欠，欠到过年都没有还哩，因为没有钱还嘛。后来那个债主不高兴了，他不甘心，所以到了吃年夜饭的时候，就偷偷跑到欠钱的家里，躲在门口偷听，想知道他是真没有钱还是假没有钱，听到开饭了，那欠钱的说：

"今年过年，我们来大吃一顿，你们小孩子爱吃肥肉？还是瘦肉？"（顺便插一句嘴，这是个老故事，那年头的肥肉瘦肉都是无上美味。）

那债主站在门外，听得清清楚楚，气得要死，心里想，你欠我钱，害我过年不方便，你们自己原来还有肥肉瘦肉拣着吃哩！他一气，就冲进屋里，要当面给他好看，等到跑到桌上一看，哪里有肉，只有一碗萝卜一碗番薯，欠钱的人站起来说，"没有办法，过年嘛，萝卜就算是肥肉，番薯就算是瘦肉，小孩子嘛！"

原来他们的肥肉就是白白的萝卜，瘦肉就是红红的番薯。他们是真穷啊，债主心软了，钱也不要了，跑回家去过年了。

许多年过去了，这个故事每到吃年夜饭时总会自动回到我的耳畔，分明已是一个不合时宜的老故事，但那个穷父亲的话多么好啊，难关要过，礼仪要守，钱却没有，但只要相恤相存，菜根也自有肥腴厚味吧！

在生命宴席极寒俭的时候，在关隘极窄极难过的时候，我仍要打起精神自己说：

"喂，你爱吃肥肉？还是瘦肉？"

2

我喜欢跟你用同一个时间。

他去欧洲开会，然后转美国，前后两个月才回家，我去机场接他，提醒他说："把你的表拨回来吧，现在要用台湾时间了。"

他愣了一下，说：

"我的表一直是台湾时间啊！我根本没有拨过去！"

"那多不方便！"

"也没什么，留着台湾的时间我才知道你和小孩在干什么，我才能想象，现在你在吃饭，现在你在睡觉，现在你起来了……我喜欢跟你用同一个时间。"

他说那句话，算来已有十年了，却像一幅挂在门额的绣锦，鲜色的底子历经岁月，却仍然认得出是强旺的火。我和他，只不过是凡世中，平凡又平凡的男子和女子，注定是没有情节可述的人，但久别乍逢的淡淡一句话里，却也有我一生惊动不已，感念不尽的恩情。

辑一　你还要怎样更好的世界

3

好咖啡总是放在热杯子里的!

经过罗马的时候,一位新识不久的朋友执意要带我们去喝咖啡。

"很好喝的,喝了一辈子难忘!"

我们跟着他东抹西拐大街小巷的走,石块拼成的街道美丽繁复,走久了,让人会忘记目的地,竟以为自己是出来踏石块的。

忽然,一阵咖啡浓香侵袭过来,不用主人指引,自然知道咖啡店到了。

咖啡放在小白瓷杯里,白瓷很厚,和中国人爱用的薄瓷相比另有一番稳重笃实的感觉。店里的人都专心品咖啡,心无旁骛。

侍者从一个特殊的保暖器里为我们拿出杯子,我捧在手里,忍不住讶道。

"咦,这杯子本身就是热的哩!"

侍者转身,微微一躬,说:"女士,好咖啡总是放在热杯子里的!"

他的表情既不兴奋,也不骄矜,甚至连广告意味的夸大也没有,只是淡淡的在说一句天经地义的事而已。

是的,好咖啡总是应该斟在热杯子里的,凉杯子会把咖啡带凉了,香气想来就会蚀掉一些,其实好茶好酒不也都如此吗?

原来连"物"也是如此自矜自重的,庄子中的好鸟择枝而栖,西洋故事里的宝剑深契石中,等待大英雄来抽拔,都是一番万物的清贵,不肯轻易亵慢了自己。古代的禅师每从喝茶喂粥去感悟众生,不知道罗马街头那端咖啡的侍者也有什么要告诉我的,我多愿自己也是一份千研万磨后的香醇,并且慎重地斟在一只洁白温暖的厚瓷杯里,带动一个美丽的清晨。

4

将来我们一起老。

其实,那天的会议倒是很正经的,仿佛是有关学校的研究和发展之类的。

有位老师,站了起来,说:

"我们是个新学校,老师进来的时候都一样年轻,将来要老,我们就一起老了……"

我听了,简直是急痛攻心,赶紧别过头去,免得让别人看见的眼泪——从来没想到原来同事之间的萍水因缘也可以是这样的一生一世啊!学院里平日大家都忙,有的分析草药,有的解剖小狗,有

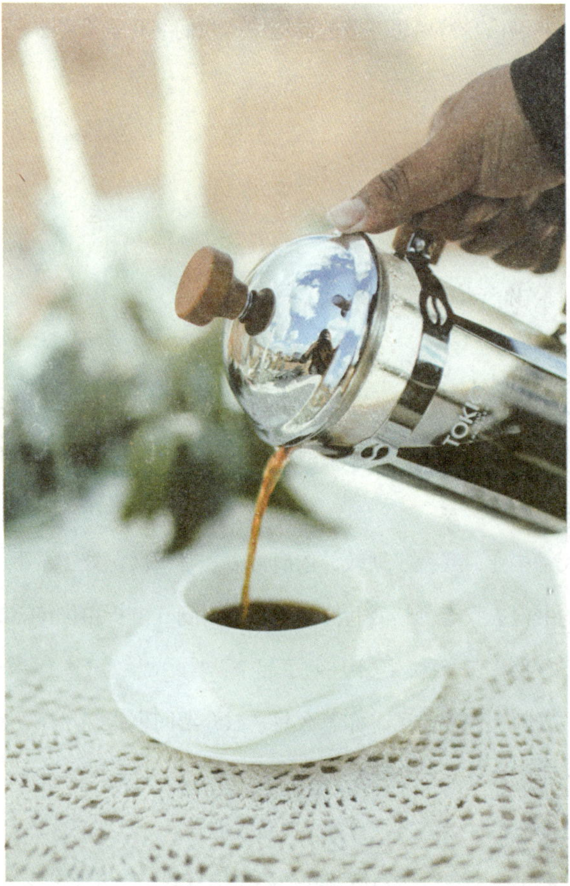
TOK

的带学生做手术,有的正埋首典籍……研究范围相差既远,大家都不暇顾及别人,然而在一度一度的后山蝉鸣里,在一阵阵的上课钟声间,在满山台湾相思芬芳的韵律中,我们终将垂垂老去,一起交出我们的青春而老去。

5

你长大了,要做人了!

汪老师的家是我读大学的时候就常去的,他们没有子女,我在那里从他读"花间词",跟着他的笛子唱昆曲,并且还留下来吃温暖的羊肉涮锅……

大学毕业,我做了助教,依旧常去。有一次,为了买不起一本昂价的书便去找老师给我写张名片,想得到一点折扣优待。等名片写好了,我拿来一看,忍不住叫了起来:

"老师,你写错了,你怎么写'兹介绍同事张晓风',应该写'学生张晓风'的呀!"

老师把名片接过来,看看我,缓缓地说:

"我没有写错,你不懂,就是要这样写的,你以前是我的学生,以后私底下也是,但现在我们在一所学校里,你是助教,我是教授,阶级虽不同却都是教员，我们不是同事是什么！你不要小孩子脾气不改，你现在长大了，要做人了，我把你写成同事是给你做脸，不然老是'同学''同学'的，你哪一天才成人？要记得，你长大了，要做人了！"

那天，我拿着老师的名片去买书，得到了满意的折扣，至于省掉了多少钱我早已忘记，但不能忘记的却是名片背后的那番话。直到那一刻，我才在老师的爱纵推重里知道自己是与学者同其尊与长者同其荣的，我也许看来不"像"老师的同事，却已的确"是"老师的同事了。

竟有一句话使我一夕成长。

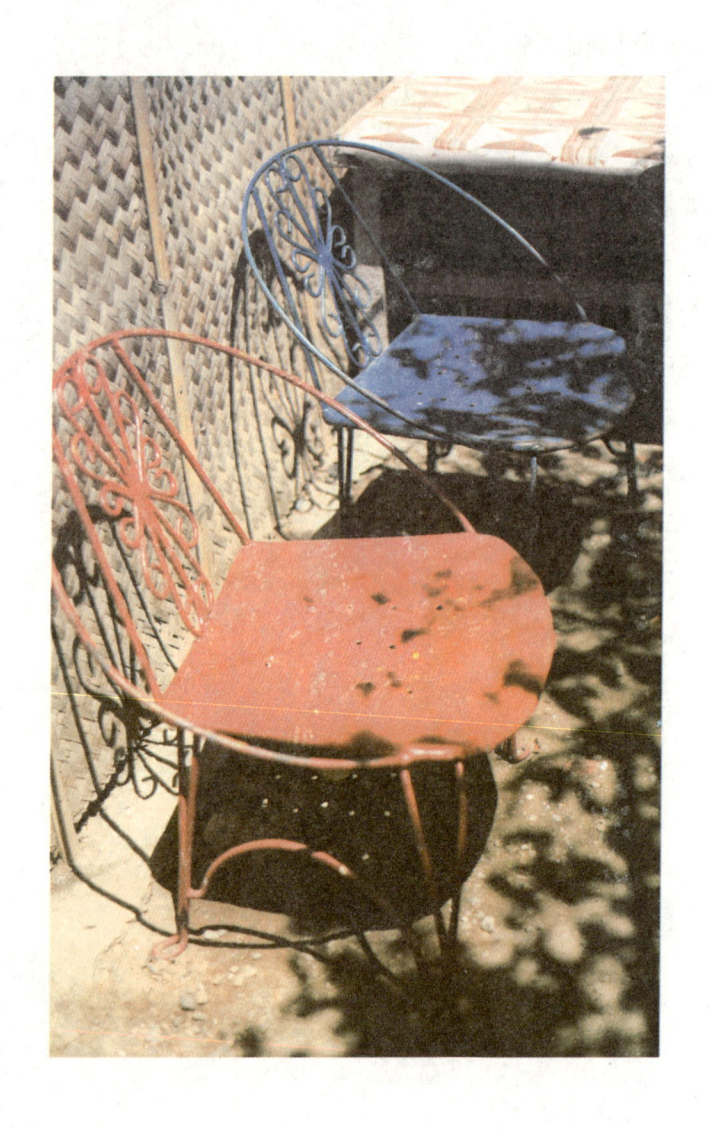

辑一　你还要怎样更好的世界

回首风烟

世事是可以在一回首之间成风成烟的，原来一切都可以在笑谈间作梦痕看的。

"喂，请问张教授在吗？"电话照例从一早就聒噪起来。

"我就是。"

"嘿！张晓风！"对方的声音忽然变得又急又高又鲁直。

我愣一下，因为向来电话里传来的声音都是客气的、委婉的、有所求的，这直呼名字的作风还没听过，一时竟不知如何回答。

"你不记得我啦！"她继续用那直捅捅的语调："我是李美津啦，以前跟你坐隔壁的！"

我忽然舒了一口气，怪不得，原来是她，三十年前的初中同学，对她来说，"教授""女士"都是多余的装饰词。对她来说，我只是那个简单的穿着绿衣黑裙的张晓风。

"我记得！"我说，"可是你这些年在哪里呀！"

"在美国，最近暑假回来。"

那天早晨我忽然变得很混乱，一个人时而抛回三十年前，时而急急奔回现在。其实，我虽是北一女的校友，却只读过两年，以后因为父亲调职，举家南迁，便转学走了，以后再也没有遇见这批同学。忙碌的生涯，使我渐渐把她们忘记了，奇怪的是，电话一来，名字一经出口，记忆又复活了，所有的脸孔和声音都逼到眼前来。时间真是一件奇妙的东西，像火车，可以向前开，也可沿着轨道倒车回去；而记忆像呼吸，吞吐之间竟连自己也不自觉。

终于约定周末下午到南京东路去喝咖啡，算是同学会。我兴奋万分的等待那一天，那一天终于来了。

走进预定的房间，第一个看到的是坐在首席的理化老师，她教我们那年师大毕业不久，短发、浓眉大眼、尖下巴、声音温柔，我们立刻都爱上她了，没想到三十年后她仍然那姻雅端丽。和老师同样显眼的是罗，她是班上的美人，至今仍保持四十五公斤的体重。记得那时候，我真觉得她是世间第一美女，医生的女儿，学钢琴，美目雪肤，只觉世上万千好事都集中在她身上了，大二就嫁给实业巨子的独生孙子，嫁妆车子一辆接一辆走不完，全班女同学都是伴娘，席开流水……但现在看她，才知道在她仍然光艳灿烂的美丽背后，她也曾经结结实实地生活过。财富是有脚的，家势亦有起落，她让自己从公司里最小的职员干起，熟悉公司的每一部门业务，直到现在，她晚上还去修管理的学分。我曾视之为公主为天仙的人，原来也是如此脚踏实地在生活着的啊。

"喂，你的头发有没有烫？"有一个人把箭头转到迟到的我身上。

"不用，我一生卷毛。"我一边说，一边为自己生平省下的烫发费用而得意。

"现在是好了，可是，从前，注册的时候，简直过不了关，训育组的老师以为我是趁着放假偷偷去烫过头，说也说不清，真是急得要哭。"

大家笑起来。咦？原来这件事过了三十年再拿来说，竟也是好笑好玩的了。可是当时除了含冤莫白急得要哭之外，竟毫无对策，那时会气老师、气自己、气父母遗传给了我一头怪发。

然后又谈各人的家人。李美津当年，人长得精瘦，调皮岛蛋不爱读书，如今却生了几个品学兼优的好孩子，做起富富泰泰的贤妻良母来了；魏当年画图画得好，可惜听爸爸的话去学了商，至今念念不忘美术。

"从前你们两个做壁报，一个写、一个画，弄到好晚也回不了家，我在旁边想帮忙，又帮不上。"

"我怎么想不起来有这么一回事？"

"国文老师常拿你的作文给全班传阅。"

辑一　你还要怎样更好的世界

奇怪,这件事我也不记得了。

记得的竟是一些暗暗的羡慕和嫉妒,例如施,她写了一篇《模特儿的独白》让橱窗里的模特儿说话。又命名如罗珞珈,她写小时候的四川,写"铜脸盆里诱人的兔肉"。我当时只觉得她们都是天纵之才。

话题又转到音乐,那真是我的暗疤啊。当时我们要唱八分之六的拍子,每次上课都要看谱试唱,那么简单的东西不会就是不会,上节课不会下节课便得站着上,等会唱了,才可以坐下。可是,偏偏不会,就一直站着,自己觉得丢脸死了。

"我现在会了,123 12 32……"我一路唱下来,大家笑起来,"你们不要笑啊,我现在唱得轻松,那时候却一想到音乐课就心胆俱裂。每次罚站也是急得要哭……"

大家仍然笑。真的,原来事过三十年,什么都可以一笑了之。还有,其实老师也苦过一番,她教完我们不久就辞了职,嫁给了一个医学生,住在酒泉街的陋巷里捱岁月,三十年过了,医学生已成名医,分割连体婴便是师丈主的刀。

体育课、童军课、大扫除都被当成津津有味的话题,"喂,你们还记不记得,腕骨有八块——叫做舟状、半月、三角、豆、大多棱、小多棱、头状、钩——我到现在也忘不了。"我说,看到她们错愕的表情,我受了鼓励,又继续挖下去,"还有国文老师,有一次她病了,我们大家去看她,她哭起来,说她子宫外孕,动了手术,以后不能有小孩了,那时我们太小,只觉奇怪,没有小孩有什么好哭的呢?何况她平常又是那么要强的一个人。"

许多唏嘘,许多惊愕,许多甜沁沁的回顾,三十年已过,当时的嗔喜,当时的笑泪,当时的贪痴和悲智,此时只是咖啡杯面的一抹烟痕,所有的伤口都自然可以结疤,所有的果实都已含蕴成酒。

有人急着回家烧晚饭,我们匆匆散去。

原来,世事是可以在一回首之间成风成烟的,原来一切都可以在笑谈间作梦痕看的,那么,这世间还有什么不能宽心、不能放怀的呢?

一碟辣酱

> 我对生命中的涓滴每有一分赏悦,上帝总立即赐下万道流泉;我每为一个音符凝神,他总倾下整匹的音乐如素锦。

有一年,在香港教书。

港人非常尊师,开学第一周校长在自己家里请了一桌席,有十位教授赴宴,我也在内。这种席,每周一次,务必使校长在学期中能和每位教员谈谈。我因为是客,所以列在首批客人名单里。

这种好事因为在台湾从未发生过,所以我十分兴头地去赴宴。原来菜都是校长家的厨子自己做的,清爽利落,很有家常菜风格。也许由于厨子是汕头人,他在诸色调味料中加了一碟辣酱,校长夫人特别声明是厨师亲手调制的。那辣酱对我而言稍微嫌甜,但我还是取用了一些。因为一般而言广东人怕辣,这碟辣酱我若不捧场,全桌粤籍人士就没有谁会理它。广东人很奇怪,他们一方面非常知味,一方面却又完全不懂"辣"是什么。我有次看到一则比萨饼的广告,

辑一　你还要怎样更好的世界

说"热辣辣的",便想拉朋友一试,朋友笑说:"你错了,热辣辣跟辣没有关系,意思是指很热很烫。"我有点生气,广东话怎么可以把辣当做热的副词?仿佛辣本身不存在似的。

我想这厨子既然特意调制了这独家辣酱,没有人下箸总是很伤感的事。汕头人是很以他们的辣酱自豪的。

那天晚上吃得很愉快也聊得很尽兴。临别的时候主人送客到门口,校长夫人忽然塞给我一个小包,她说:"这是一瓶辣酱,厨子说特别送给你的。我们吃饭的时候他在旁边巡巡看看,发现只有你一个人欣赏他的辣酱,他说他反正做了很多,这瓶让你拿回去吃。"

我其实并不十分喜欢那偏甜的辣酱,吃它原是基于一点善意,不料竟回收了更大的善意。我千恩万谢受了那瓶辣酱——这一次,我倒真的爱上这瓶辣酱了,为了厨子的那份情。

大约世间之人多是寂寞的吧?未被赞美的文章,未蒙赏识的赤忱,未受注视的美貌,无人为之垂泪的剧情,徒然的弹了又弹却不曾被一语道破的高山流水之音,或者,无人肯试的一碟食物……

而我只是好意一举箸,竟蒙对方厚赠,想来,生命之宴也是如此吧!我对生命中的涓滴每有一分赏悦,上帝总立即赐下万道流泉;我每为一个音符凝神,他总倾下整匹的音乐如素锦。

生命的厚礼,原来只赏赐给那些肯于一尝的人。

当金钟轻摇，蜡炬燃起，
我乐于走过众人去立下永
恒的誓愿。

辑 二

爱一个人，

就是在冰箱里

为他留一只

苹果

一个女人的爱情观

> 爱情对我的意义是终夜守在一盏灯旁，听轰声退潮再复涨潮，看淡紫的天光愈来愈明亮，凝视两人共同凝视过的长窗外的水波……

忽然发现自己的爱情观很土气，忍不住笑了起来。

对我而言，爱一个人就是满心满意要跟他一起"过日子"，天地鸿蒙荒凉，我们不能妄想把自己扩充为六合八方的空间，只希望彼此的火烬把属于两人的一世时间填满。

客居岁月，暮色里归来，看见有人当街亲热，竟也视若无睹，但每看到一对人手牵手提着一把青菜一条鱼从菜场走出来，一颗心就忍不住恻恻地痛了起来，一蔬一饭里的天长地久原是如此味永难言啊！相拥的那一对也许今晚就分手，但一鼎一镬里却有其朝朝暮暮的恩情啊！

爱一个人原来就只是在冰箱里为他留一只苹果，并且等他归来。

爱一个人就是在寒冷的夜里不断在他杯子里斟上刚沸的热水。

爱一个人就是喜欢两人一起收尽桌上的残肴，并且听他在水槽里刷碗的音乐——事后再偷偷地把他不曾洗干净的地方重洗一遍。

爱一个人就有权利霸道地说：

"不要穿那件衣服，难看死了。穿这件，这是我新给你买的。"

爱一个人就是一本正经地催他去工作，却又忍不住躲在他身后想捣几次小小的蛋。

爱一个人就是在拨通电话时忽然不知道要说什么，才知道原来只是想听听那熟悉的声音，原来真正想拨通的，只是自己心底的一根弦。

爱一个人就是把他的信藏在皮包里，一日拿出来看几回、哭几回、痴想几回。

爱一个人就是在他迟归时想上一千种坏可能，在想象中经历万般劫难，发誓等他回来要好好罚他，一旦见面却又什么都忘了。

爱一个人就是在众人暗骂："讨厌！谁在咳嗽！"你却急道：

"唉，唉，他这人就是记性坏啊，我该买一瓶川贝枇杷膏放在他的背包里的！"

爱一个人就是上一刻钟想把美丽的恋情像冬季的松鼠秘藏坚果一般，将之一一放在最隐秘最安妥的树洞里，下一刻钟却又想告诉全世界这骄傲自豪的消息。

爱一个人就是在他的头衔、地位、学历、经历、善行、劣迹之外，看出真正的他不过是个孩子——好孩子或坏孩子——所以疼了他。

也因，爱一个人就是喜欢听他儿时的故事，喜欢听他有几次大难不死，听他如何淘气惹厌，怎样善于玩弹珠或打"水漂漂"，爱一个人就是忍不住替他记住了许多往事。

爱一个人就不免希望自己更美丽，希望自己被记得，希望自己的容颜体貌在极盛时于对方如霞光过目，永不相忘，即使在繁花谢树的冬残，也有一个人沉如历史典册的瞳仁可以见证你的华彩。

爱一个人总会不厌其烦地问些或回答些傻问题，例如："如果我老了，你还爱我吗？""爱。""我的牙都掉光了呢？""我吻你的牙床！"

爱一个人便忍不住迷上那首《白发吟》：

亲爱，我年已渐老

白发如霜银光耀

唯你永是我爱人

永远美丽又温柔……

爱一个人常是一串奇怪的矛盾，你会依他如父，却又怜他如子；尊他如兄，又复宠他如弟；想师事他，跟他学，却又想教导他把他俘虏成自己的徒弟；亲他如友，又复气他如仇；希望成为他的女皇，

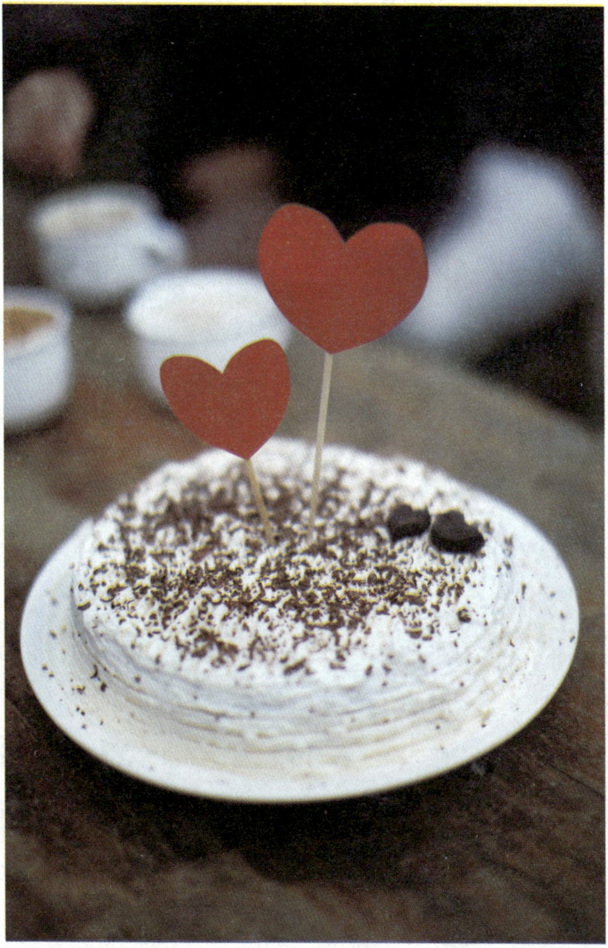

他唯一的女主人，却又甘心做他的小丫鬟小女奴。

爱一个人会使人变得俗气，你不断地想：晚餐该吃牛舌好呢，还是猪舌？蔬菜该买大白菜，还是小白菜？房子该买在三张犁呢，还是六张犁？而终于在这份世俗里，你了解了众生，你参与了自古以来匹夫匹妇的微不足道的喜悦与悲辛，然后你发觉这世上有超乎雅俗之上的情境，正如日光超越调色盘上的一样。

爱一个人就是喜欢和他拥有现在，却又追忆着和他在一起的过去。喜欢听他说，那一年他怎样偷偷喜欢你，远远地凝望着你。爱一个人便是小别时带走他的吻痕，如同一幅画，带着鉴赏者的朱印。

爱一个人就是横下心来，把自己小小的赌本跟他合起来，向生命的大轮盘去下一番赌注。

爱一个人就是让那人的名字在临终之际成为你双唇间最后的音乐。

爱一个人，就不免生出共同的、霸占的欲望。想认识他的朋友，想了解他的事业，想知道他的梦。希望共有一张餐桌，愿意同用一双筷子，喜欢轮饮一杯茶，合穿一件衣，并且同衾共枕，奔赴一个命运，共寝一个墓穴。

前两天，整理房间时，理出一只提袋，上面赫然写着"孕妇服装中心"，我愕然许久，既然这房子只我一人住，这只手提袋当然是我的了，可是，我何曾跑到孕妇店去买衣服？于是不甘心地坐下来想，想了许久，终于想出来了。我那天曾去买一件斗篷式的土褐色短袄，便是用这只绿袋子提回来的，我是的确闯到孕妇店去买衣服了。细想起来那家店的模样儿似乎都穿着孕妇装，我好像正是被那种美丽沉甸的繁殖喜悦所吸引而走进去的。这样说来，原来我买的那件宽松适意的斗篷式短袄竟真是给孕妇设计的。

这里面有什么心理分析吗？是不是我一直追忆着怀孕时强烈的酸苦和欣喜而情不自禁地又去买了一件那样的衣服呢？想多年前冬夜独起，灯下乳儿的寒冷和温暖便一下涌回心头，小儿吮乳的时候，你多么希望自己的生命就此为他竭泽啊！

对我而言，爱一个人，就不免想跟他生一窝孩子。

当然，这世上也有人无法生育，那么，就让共同培育的学生，共同经营的事业，共同爱过的子侄晚辈，共同谱成的生活之歌，共同写完的生命之书来做他们的孩子。

也许还有更多更多可以说的，正如此刻，爱情对我的意义是终夜守在一盏灯旁，听轰声退潮再复涨潮，看淡紫的天光愈来愈明亮，凝视两人共同凝视过的长窗外的水波，在矛盾的凄凉和欢喜里，在知足感恩和渴切不足里细细体会一条河的韵律，并且写一篇叫《爱情观》的文章。

四个身处婚姻危机的女人

> 我泥中有你,你泥中有我;我与你生同一个衾,死同一个椁。

元代画家赵孟頫的妻子管夫人写过一首诗,十分脍炙人口:

你侬我侬,忒煞情多;

情多处,热如火;

把一块泥,捻一个你,塑一个我,

将咱两个一齐打破,用水调和;

再捻一个你,再塑一个我。

我泥中有你,你泥中有我;

我与你生同一个衾,

死同一个椁。

这首诗二十年前一度是街头巷尾流行的现代情歌。它不但写得好，而且还很实用，据说当年让赵孟頫读此词而回心转意，罢了娶妾的念头。原来这么美的一首情诗竟是拿来"劝退"的。中国古来用文学挽救婚姻的故事发生过几次，第一次主角是汉代的陈皇后，她因嫉妒，遭汉武帝打入冷宫。司马相如替她写了《长门赋》，稿费黄金百斤（古代黄金未必只指金子，但仍是令现代人咋舌的笔润）。这篇高价买来的文章，果真有点功能，算是令她暂时和皇帝恢复了一阵亲善关系。

吊诡的是，这少年时代为人写《长门赋》的司马相如，后来老病之余也想娶妾。这一次，她那浪漫的妻子卓文君又能到哪里去找人替自己写感人的"短门赋"呢？她只好自己动手来写了。她写了一首《白头吟》，口气非常自尊自重，其辞如下：

皑如山上雪，皎若云间月，
闻君有两意，故来相决绝。
今日斗酒会，明旦沟水头，
躞蹀御沟上，沟水东西流。
凄凄复凄凄，嫁娶不须啼，
愿得一心人，白头不相离。
竹竿何袅袅，鱼尾何簁簁，

男儿重意气，何用钱刀为。

另外一个女人叫苏蕙，是晋代窦滔的妻子。窦滔镇襄阳，带着宠姬赵阳台去赴任，把苏蕙留在家中。苏蕙手织了一篇璇玑文，上面有八百多字，纵横反覆，皆成章句。窦滔读了，很惊讶妻子的才华——不过好像也就那么感动一下就是了，没听说苏蕙的处境获得什么改善。

这四个女人或动笔，或动织布机，或劳动一代文豪。总之，她们都试图用文学来挽回颓势，而且多少也获致了一点成功。文学本是性灵的东西，性灵的东西在现实生活里不容易发挥什么功用，她们却居然让文学为自己的婚姻效力，也算不简单了。

但不知为什么，我读这些诗，却只觉悲惨，连她们的胜利我也只觉是惨胜，我只能寄予无限悲悯。啊，那些美丽的蕙质兰心的女子，为什么她们的男人竟不懂得好好疼惜她们呢？

卓文君和她的一文铜钱

> 糟曲的暖香中无人不醉——不是酒让他们醉,而是前来要买它一醉的心念令他们醉。

下午的阳光意外的和暖,在多烟多嶂的蜀地,这样的冬日也算难得了。

药香微微,炉火上氤氲着朦胧的白雾。那男子午寐未醒,一只小狗偎着白发妇人的脚边打盹。

这么静。

妇人望着榻上的男子,这个被"消渴之疾"所苦的老汉(按:古人称糖尿病为消渴之疾),他的手脚细瘦,肤色黯败,她用目光爱抚那衰残的躯体。

一生了,一生之久啊!

"这男人是谁呢?"老妇人卓文君支颐倾视自问。

记忆里不曾有这样一副面孔,他的额发已秃,颈项上叠着像骆

辑二　爱一个人，就是在冰箱里为他留一只苹果

驼一般的赘皮。他不像当年的才子司马相如，倒像司马相如的父亲或祖父。年轻时候的司马虽非美男子，但肌肤坚实，顾盼生姿，能将一把琴弹得曲折多情如一腔幽肠。他又善剑，琴声中每有剑风的轻扬袅健。又仿佛那琴并不是什么人制造的什么乐器，每根琴弦，一一都如他指尖泻下的寒泉翠瀑，铮铮琮琮，淌不完的高山流水，谷烟壑云。

犹记得那个遥远的长夜，她新寡，他的琴声传来，如荷花的花苞在中宵柔缓拆放，弹指间，一池香瓣已灿然如万千火苗。

她选择了那琴声，冒险跟随了那琴声，从父亲卓王孙的家中逃逸。从此她放弃了仆从如云，挥金如土的生涯。她不觉乍贫，狂喜中反觉乍富，和司马长卿相守，仿佛与一篇繁复典丽的汉赋相厮缠，每一句，每一逗，都华艳难踪。

啊，她永远记得的是那倜傥不群的男子，那用最典赡的句子记录了一代大汉盛世的人——如果长卿注定是记录汉王朝的人，她便是打算用记忆来网络这男子一生的人。

而这男子，如今老病垂垂，这人就是那人吗？有什么人将他偷换了吗？卓文君小心地提起药罐，把药汁滤在白瓷碗里，还太烫，等一下再叫他起来喝。

当年，在临邛，一场私奔后，她和爱胡闹的长卿一同开起酒肆来，他们一同为客人沽酒、烫酒、洗杯盏，长卿穿起工人裤，别有一种俏皮。开酒肆真好,当月光映在酒卮里,实在是世间最美丽的景象啊!可惜酒肆在父亲反对下强迫关了,父亲觉得千金小姐卖酒是可耻的。唉!父亲却从来不知卖酒是那么好玩的事啊!酒肆中觥筹交错,众声喧哗,糟曲的暖香中无人不醉——不是酒让他们醉,而是前来要买它一醉的心念令他们醉。

想着,她站起来,走到衣箱前,掀了盖,掏摸出一枚铜钱,钱虽旧了,却还晶亮。她小心地把铜钱在衣角拭了拭,放在手中把玩起来。

这是她当年开酒肆卖出第一杯酒的酒钱。对她而言,这一钱胜过万贯家财。这一枚钱一直是她的秘密,父亲不知,丈夫不知,子女亦不知。珍藏这一枚钱其实是珍藏年少时那段快乐的私奔岁月。能和当代笔力最健的才子在一个垆前卖酒,这是多么兴奋又多么扎实的日子啊!满室酒香中盈耳的总是歌,迎面的都是笑,这枚钱上仿佛仍留着当年的声纹,如同冬日结冰的池塘长留着夏夜蛙声的记忆。

酒肆遵从父命关门的那天,卓王孙送来仆人和金钱。于是,她知道,这一切逾轨的快乐都结束了。从此她仍将是富贵人家的妻子,而她的夫婿会夹着金钱去交游,去进入上流社会,会以文字干禄。然后,她会如当年所期望的,乘"高车驷马"走过升仙桥。然后,像大多数得意的男子那样,娶妾。他不再是一个以琴挑情的情人。

事情后来的发展果真一如她所料,有了功名以后,长卿一度想娶一位茂陵女子为妾(啊!身为蜀人,他竟已不再爱蜀女,他想娶的,居然是京城附近的女子),文君用一首《白头吟》挽回了自己的婚姻——对,挽回了婚姻,但不是爱情。

> 皑如山上雪 皎若云间月
> 闻君有两意 故来相决绝
> ……
> 凄凄复凄凄 嫁娶不须啼
> 愿得一心人 白头不相离
> ……

"一心人"?世上有那一心一意的男人吗?

药凉了,可以喝了,他打算叫醒长卿,并下定决心继续爱他。不,其实不是爱他,而是爱属于自己的那份爱!眼前这衰朽的形体,昏眊的老眼,分明一无可爱,但她坚持,坚持忠贞于多年前自己爱过的那份爱。

把铜钱放回衣箱的一角,下午的日光已翳翳然,卓文君整发敛容,轻声唤道:

"长卿,起来,药,煎好了。"

矛盾篇

> 我不只在我里，我在风我在海我在陆地我在星，你必须少爱我一点，才能去爱那藏在大化中的我。

一 爱我更多，好吗？

爱我，不是因为我美好，这世间原有更多比我美好的人。爱我，不是因为我的智慧，这世间自有数不清的智者。爱我，只因为我是我，有一点好有一点坏有一点痴的我，古往今来独一无二的我，爱我，只因为我们相遇。

如果命运注定我们走在同一条路上，碰到同一场雨，并且共遮于同一把伞下，那么，请以更温柔的目光俯视我，以更固执的手握紧我，以更和暖的气息贴近我。

爱我更多，好吗？唯有在爱里，我才知道自己的名字，知道自己的位置，并且惊喜地发现自身的存在。所有的石头只是石头，漠漠然冥顽不化，只有受日月精华的那一块会猛然爆裂，跃出一番欣忭欢悦的生命。

爱我更多，好吗？因为知识使人愚蠢，财富使人贫乏，一切的攫取带来失落，所有的高升令人沉陷，而且，每一项头衔都使我觉得自己的面目更为模糊起来，人生一世如果是日中的赶集，则我的囊橐空空，不是因为我没有财富，而是因为我手中的财富太大，它是一块完整而不容割切的金子，我反而无法用它去购置零星的小件，我只能用它孤注一掷来购置一份深情。爱我更多，好让我的囊橐满胀而沉重，好吗？

爱我更多，好吗？因为生命是如此仓促，但如果你肯对我怔怔凝视，则我便是上戏的舞台，在声光中有高潮的演出，在掌声中能从容优雅地谢幕。

我原来没有权力要求你更多的爱，更多的激情，但是你自己把这份权力给了我，你开始爱我，你授我以柄，我才能如此放肆如此任性来要求更多。能在我的怀中注入更多醇醪吗？肯为我的炉火添加更多柴薪否？我是饕餮，我是贪得无厌的，我要整个春山的花香，整个海洋的月光，可以吗？

爱我更多，就算我的要求不合理，你也应允我，好吗？

辑二　爱一个人，就是在冰箱里为他留一只苹果

二　爱我少一点，我请求你。

爱我少一点，我请求你。

有一个秘密，不知道该不该告诉你，其实，我爱的并不是你，当我答应你的时候，我真正的意思是：我愿意和你在一起，一起去爱这个世界，一起去爱人世，并且一起去承受生命之杯。

所以，如果在春日的晴空下你肯痴痴地看一株粉色的"寒绯樱"，你已经给了我最美丽的示爱。如果你虔诚地站在池畔看三月雀榕树上的叶苞如何——骄傲专注地等待某一定时定刻的爆放，我已一世感激不尽。你或许不知道，事实上那棵树就是我啊！在春日里急于释放绿叶的我啊！至于我自己，爱我少一点吧！我请求你。

爱我少一点，因为爱使人痴狂，使人颠倒，使我牵挂，我不忍折磨你。如果你一定要爱我，且爱我如清风来水面，不黏不滞。爱我如黄鸟渡青枝，让飞翔的仍去飞翔，扎根的仍去扎根，让两者在一刹的相逢中自成千古。

爱我少一点，因为"我"并不只住在这一百六十厘米的身高中，并不只容纳于这方趾圆颅内。请在书页中去翻我，那里有缔造我骨血的元素，请到闹市的喧哗纷杂中去寻我，那里有我的哀恸与关怀；并且尝试到送殡的行列里去听我，其间有我的迷惑与哭泣；或者到风最尖啸的山谷，浪最险恶的悬崖，落日最凄绝的草原上去探我，因为那些也正是我的悲怆和叹息。我不只在我里，我在风我在海我在陆地我在星，你必须少爱我一点，才能去爱那藏在大化中的我。等我一旦烟消云散，你才不致猝然失去我，那时，你仍能在蝉的初吟、月的新圆中找到我。

爱我少一点，去爱一首歌好吗？因为那旋律是我；去爱一幅画，因为那流溢的色彩是我；去爱一方印章，我深信那老拙的刻痕是我；去品尝一坛佳酿，因为坛底的醉意是我；去珍惜一幅编织，那其间的纠结是我；去欣赏舞蹈和书法吧——不管是舞者把自己挥洒成行草篆隶，或是寸管把自己飞舞成腾跃旋挫，那其间的狂喜和收敛都是我。

爱我少一点，我请求你，因为你必须留一点柔情去爱你自己。因你爱我，你便不再是你自己，你已是我的一部分，所以，把爱我的爱也分回去爱惜你自己吧！

听我最柔和的请求，爱我少一点，因为春天总是太短太促太来不及，因为有太多的事等着在这一生去完成去偿还，因此，请提防自己，不要爱我太多，我请求你。

爱情篇

> 如果爱情的轨迹总是把云霄之上的金童玉女贬为人间烟火中的匹妇匹夫,让我们甘心。

两岸

我们总是聚少离多,如两岸。

如两岸——只因我们之间恒流着一条莽莽苍苍的河。我们太爱那条河,太爱太爱,以致竟然把自己站成了岸。

站成了岸,我爱,没有人勉强我们,我们自己把自己站成了岸。

春天的时候,我爱,杨柳将此岸绿遍,漂亮的绿绦子潜身于同色调的绿波里,缓缓地向彼岸游去。河中有萍,河中有藻,河中有云影天光,仍是《国风·关雎》篇的河啊,而我,一径向你泅去。

我向你泅去,我正遇见你,向我泅来——以同样柔和的柳条。我们在河心相遇,我们的千丝万绪秘密地牵起手来,在河底。

只因为这世上有河,因此就必须有两岸,以及两岸的绿杨堤。我不知我们为什么只因坚持要一条河,而竟把自己矗立成两岸,岁岁年年相向而绿,任地老天荒,我们合力撑住一条河,死命地呵护那千里烟波。

两岸总是有相同的风,相同的雨,相同的水位。乍酱草匀分给两岸相等的红,鸟翼点给两岸同样的白,而秋来蒹葭露冷,给我们以相似的苍凉。

蓦然发现,原来我们同属一块大地。

纵然被河道凿开,对峙,却不曾分离。

年年春来时,在温柔得令人心疼的三月,我们忍不住伸出手臂,在河底秘密地挽起。

定义以命运

年轻的时候,怎么会那么傻呢?

对"人"的定义?对"爱"的定义,对"生活"的定义,对莫名其妙的刚听到的一个"哲学名词"的定义……

那时候,老是慎重其事地把左掌右掌看了又看,或者,从一条曲曲折折的感情线,估计着感情的河道是否决堤。有时,又正经的把一张脸交给一个人,从鼻山眼水中,去窥探一生的风光。

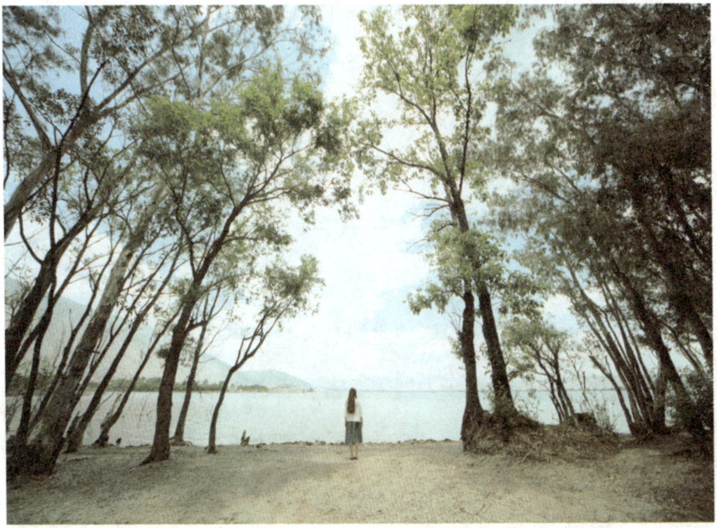

奇怪，年轻的时候，怎么什么都想知道？定义，以及命运。年轻的时候，怎么就没有想到过，人原来也可以有权不知不识而大喇喇地活下去。

忽然有一天，我们就长大了，因为爱。

去知道明天的风雨已经不重要了，执手处张发可以为风帜，高歌时，何妨倾山雨入盏，风雨于是不重要了，重要的是找一方共同承风挡雨的肩。

忽然有一天，我们把所背的定义全忘了，我们遗失了登山指南，我们甚至忘了自己，忘了那一切，只因我们已登山，并且结庐于一弯溪谷。千泉引来千月，万窍邀来万风，无边的庄严中，我们也自庄严起来。

而长年的携手，我们已彼此把掌纹叠印在对方的掌纹上，我们的眉因为同蹙同展而衔接为同一个名字的山脉，我们的眼因为相同的视线而映出为连波一片，怎样的看相者才能看明白这样的两双手的天机，怎样的预言家才能说清楚这样两张脸的命运？

蔷薇几曾有定义，白云何所谓其命运，谁又见过为劈头迎来的巨石而焦灼的流水？

怎么会那么傻呢，年轻的时候。

从俗

当我们相爱——在开头的时候——我觉得自己清雅飞逸,仿佛有一个新我,自旧我中飘然游离而出。

当我们相爱时,我们从每寸皮肤,每一缕思维伸出触角,要去探索这个世界,拥抱这个世界,我们开始相信自己的不凡。

相爱的人未必要朝朝暮暮相守在一起——在小说里都是这样说的,小说里的男人和女人一眨眼便已暮年,而他们始终没有生活在一起,他们留给我们的是凄美的回忆。

但我们是活生生的人,我们不是小说,我们要朝朝暮暮,我们要活在同一个时间,我们要活在同一个空间,我们要相厮相守,相牵相挂,于是我放弃飞腾,回到人间,和一切庸俗的人同其庸俗。

如果相爱的结果是我们平凡,让我们平凡。

如果爱情的历程是让我们由纵横行空的天马变而为忍辱负重行向一路崎岖的承载驾马,让我们接受。

如果爱情的轨迹总是把云霄之上的金童玉女贬为人间烟火中的匹妇匹夫,让我们甘心。我们只有这一生,这是我们唯一的筹码,我们要活在一起下注。我们只有这一生,这只是我们唯一的戏码,我们要同台演出。

于是,我们要了婚姻。

于是，我们经营起一个巢，栖守其间。

在厨房，有餐厅，那里有我们一饮一啄的牵情。

有客厅，那里有我们共同的朋友以及他们的高谈阔论。

有兼为书房的卧房，各人的书站在各人的书架里，但书架相衔，矗立成壁，连我们那些完全不同类的书也在声气相求。

有孩子的房间，夜夜等着我们去为一双娇儿痴女念故事，并且盖他们老是踢的棉被。

至于我们曾订下的山之盟呢？我们所渴望的水之约呢？让它等一等，我们总有一天会去的，但现在，我们已选择了从俗。

贴向生活，贴向平凡，山林可以是公寓，电铃可以是诗，让我们且来从俗。

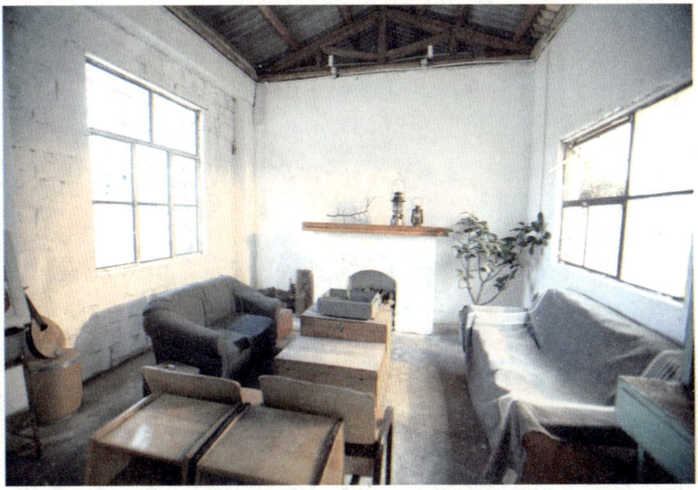

地毯的那一端

> 铺满花瓣的红毯伸向两端,美丽的希冀盘旋而飞舞,我将去即你,和你同去采撷无穷的幸福。

德:

从疾风中走回来,觉得自己像是被浮起来了。山上的草香得那样浓,让我想到,要不是有这样猛烈的风,恐怕空气都会给香得凝冻起来!

我昂首而行,黑暗中没有人能看见我的笑容。白色的芦荻在夜色中点染着凉意——这是深秋了,我们的日子在不知不觉中临近了。我遂觉得,我的心像一张新帆,其中每一个角落都被大风吹得那样饱满。

星斗清而亮,每一颗都低低地俯下头来。溪水流着,把灯影和星光都流乱了。我忽然感到一种幸福,那种混沌而又淘然的幸福。我从来没有这样亲切地感受到造物的宠爱——真的,我们这样平庸，我总觉得幸福应该给予比我们更好的人。

但这是真实的，第一张贺卡已经放在我的案上了。洒满了细碎精致的透明照片，灯光下展示着一个闪烁而又真实的梦境。画上的金钟摇荡，遥遥的传来美丽的回响。我仿佛能听见那悠扬的音韵，我仿佛能嗅到那沁人的玫瑰花香！而尤其让我神往的，是那几行可爱的祝词："愿婚礼的记忆存至永远，愿你们的情爱与日俱增。"

是的，德，永远在增进，永远在更新，永远没有一个边和底——六年了，我们护守着这份情谊，使它依然焕发，依然鲜洁，正如别人所说的，我们是何等幸运。每次回顾我们的交往，我就仿佛走进博物馆的长廊。其间每一处景物都意味着一段美丽的回忆。每一件事都牵扯着一个动人的故事。

那样久远的事了。刚认识你的那年才十七岁，一个多么容易错误的年纪！但是，我知道，我没有错。我生命中再没有一件决定比这项更正确了。前天，大伙儿一块吃饭，你笑着说："我这个笨人，我这辈子只做了一件聪明的事。"你没有再说下去，妹妹却拍起手来，说："我知道了！"啊，德，我能够快乐地说，我也知道。因为你做的那件聪明事，我也做了。

那时候，大学生活刚刚展开在我面前。台北的寒风让我每日思念南部的家。在那小小的阁楼里，我呵着手写蜡纸。在草木摇落的道路上，我独自骑车去上学。生活是那样黯淡，心情是那样沉重。

在我的日记上有这样一句话:"我担心,我会冻死在这小楼上。"而这时候,你来了,你那种毫无企冀的友谊四面环护着我,让我的心触及最温柔的阳光。

我没有兄长,从小我也没有和男孩子同学过。但和你交往却是那样自然,和你谈话又是那样舒服。有时候,我想,如果我是男孩子多么好呢!我们可以一起去爬山,去泛舟。让小船在湖里任意飘荡,任意停泊,没有人会感到惊奇。好几年以后,我将这些想法告诉你,你微笑地注视着我:"那,我可不愿意,如果你真想做男孩子,我就做女孩。" 而今,德,我没有变成男孩子,但我们可以去遨游,去做山和湖的梦,因为,我们将有更亲密的关系。啊,想象中终生相爱相随该是多么美好!

那时候,我们穿着学校规定的卡其服。我新烫的头发又总是被风刮得乱蓬蓬的。想起来,我总不明白你为什么那样喜欢接近我。那年大考的时候,我蜷曲在沙发里念书。你跑来,热心地为我讲解英文文法。好心的房东为我们送来一盘卷,我慌乱极了,竟吃得洒了一裙子。你瞅着我说:"你真像我妹妹,她和你一样大。"我窘得不知如何是好,只是一径低着头,假作抖那长长的裙幅。

那些日子真是冷极了。每逢没有课的下午我总是留在小楼上,弹弹风琴,把一本拜尔琴谱都快翻烂了。有一天你对我说:"我常在楼下听你弹琴。你好像常弹那首甜蜜的家庭。怎样?在想家

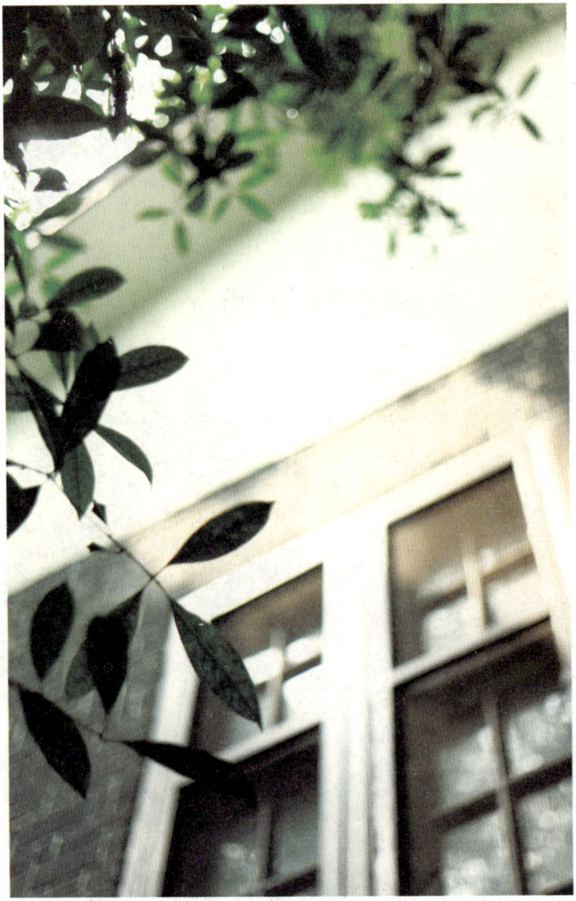

吗?"我很感激你的窃听,唯有你了解、关切我凄楚的心情。德,那个时候,当你独自听着的时候,你想些什么呢?你想到有一天我们会组织一个家庭吗?你想到我们要用一生的时间以心灵的手指合奏这首歌吗?

寒假过后,你把那叠泰戈尔诗集还给我。你指着其中一行请我看:"如果你不能爱我,就请原谅我的痛苦吧!"我于是知道发生什么事了:我不希望这件事发生,我真的不希望。并非由于我厌恶你,而是因为我太珍重这份素净的友谊,反倒不希望有爱情去加深它的色彩。

但我却乐于和你继续交往。你总是给我一种安全稳妥的感觉。从头起,我就付给你我全部的信任,只是,当时我心中总向往着那种传奇式的、惊心动魄的恋爱。并且喜欢那么一点点的悲剧气氛。为着这些可笑的理由,我耽延着没有接受你的奉献。我奇怪你为什么仍作那样固执的等待。

你那些小小的关怀常令我感动。那年圣诞节你把得来不易的几颗巧克力糖,全部拿来给我了。我爱吃笋豆里的笋子,唯有你注意到,并且耐心地为我挑出来。我常常不晓得照料自己,唯有你想到用自己的外衣披在我身上(我至今不能忘记那衣服的温暖,它在我心中象征了许多意义)。是你,敦促我读书。是你,容忍我偶发的气性。是你,仔细纠正我写作的错误。是你,教导我为人的道理。如果说，我像你的妹妹，那是因为你太像我大哥的缘故。

后来，我们一起得到学校的工读金，分配给我们的是打扫教室的工作。每次你总强迫我放下扫帚，我便只好遥遥地站在教室的末端，看你奋力工作。在炎热的夏季里，你的汗水滴落在地上。我无言地站着，等你扫好了，我就去挥挥桌椅，并且帮你把它们排齐。每次，当我们目光偶然相遇的时候，总感到那样兴奋。我们是这样地彼此了解，我们合作的时候总是那样完美。我注意到你手上的硬茧，它们把那虚幻的字眼十分具体他说明了。我们就在那飞扬的尘影中完成了大学课程——我们的经济从来没有富裕过；我们的日子却从来没有贫乏过，我们活在梦里，活在诗里，活在无穷无尽的彩色希望里。记得有一次我提到玛格丽特公主在婚礼中说的一句话："世界上从来没有两个人像我们这样快乐过。"你毫不在意地说："那是因为他们不认识我们的缘故。"我喜欢你的自豪，因为我也如此自豪着。

我们终于毕业了，你在掌声中走到台上，代表全系领取毕业证书。我的掌声也夹在众人之中，但我知道你听到了。在那美好的六月清晨，我的眼中噙着欣喜的泪，我感到那样骄傲，我第一次分沾你的成功，你的光荣。

"我在台上偷眼看你，"你把系着彩带的文凭交给我，"要不是中国风俗如此，我一走下台来就要把它送到你面前去的。"

辑二　爱一个人，就是在冰箱里为他留一只苹果

我接过它，心里垂着沉甸甸的喜悦。你站在我面前，高昂而谦和，刚毅而温柔，我忽然发现，我关心你的成功，远远超过我自己的。

那一年，你在受军训。在那样忙碌的生活中，在那样辛苦的演习里，你却那样努力地准备研究所的考试。我知道，你是为谁而做的。在凄长的分别岁月里，我开始了解，存在于我们中间的是怎样一种感情。你来看我，把南部的冬阳全带来了。我一直没有告诉你，当时你临别敬礼的镜头烙在我心上有多深。

我帮着你搜集资料，把抄来的范文一篇篇断句、注释。我那样竭力地做，怀着无上的骄傲。这件事对我而言有太大的意义。这是第一次，我和你共赴一件事，所以当你把录取通知转寄给我的时候，我竟忍不住哭了。德，没有人经历过我们的奋斗，没有人像我们这样相期相勉，没有人多年来在冬夜图书馆的寒灯下彼此伴读。因此，也就没有人了解成功带给我们的兴奋。

我们又可以见面了，能见到真真实实的你是多么幸福。我们又可以去作长长的散步，又可以蹲在旧书摊上享受一个闲散黄昏。我永不能忘记那次去泛舟。回程的时候，忽然起了大风。小船在湖里直打转，你奋力摇橹，累得一身都汗湿了。

"我们的道路也许就是这样吧！"我望着平静而险恶的湖面说，"也许我使你的负担更重了。"

"我不在意，我高兴去搏斗！"你说得那样急切，使我不敢正视你的目光，"只要你肯在我的船上，晓风，你是我最甜蜜的负荷。"

那天我们的船顺利地拢了岸。德，我忘了告诉你，我愿意留在你的船上，我乐于把舵手的位置给你。没有人能给我像你给我的安全感。

只是，人海茫茫，哪里是我们共济的小舟呢？这两年来，为了成家的计划，我们劳累到几乎虐待自己的地步。每次，你快乐的笑容总鼓励着我。

那天晚上你送我回宿舍，当我们迈上那斜斜的山坡，你忽然驻足说："我在地毯的那一端等你！我等着你，晓风，直到你对我完全满意。"

我抬起头来，长长的道路伸延着，如同圣坛前柔软的红毯。我迟疑了一下，便踏向前去。

现在回想起来，已不记得当时是否是个月夜了，只觉得你诚挚的言词闪烁着，在我心中亮起一天星月的清辉。

"就快了！"那以后你常乐观地对我说，"我们马上就可以有一个小小的家。你是那屋子的主人，你喜欢吧？"

我喜欢的，德，我喜欢一间小小的陋屋。到天黑时分我便去拉上长长的落地窗帘，捻亮柔和的灯光，一同享受简单的晚餐。但是，哪里是我们的家呢？哪儿是我们自己的宅院呢？

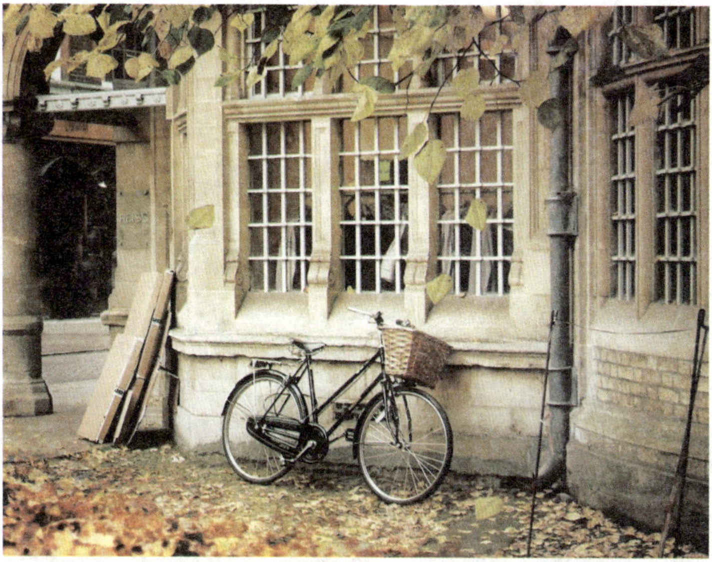

你借来一辆半旧的脚踏车,四处去打听出租的房子,每次你疲惫不堪的回来,我就感到一种痛楚。

"没有合意的,"你失望地说,"而且太贵,明天我再去看。"

我没有想到有那么多困难,我从不知道成家有那么多琐碎的事,但至终我们总算找到一栋小小的屋子了。有着窄窄的前庭,以及矮矮的榕树。朋友笑它小得像个巢,但我已经十分满意了。无论如何,我们有了可以憩息的地方。当你把钥匙交给我的时候,那重量使我的手臂几乎为之下沉。它让我想起一首可爱的英文诗:"我是一个持家者吗?哦,是的,但不止,我还得持护着一颗心。"我知道,你交给我的钥匙也不止此数。你心灵中的每一个空间我都持有一枚钥匙,我都有权径行出入。

亚寄来一卷录音带,隔着半个地球,他的祝福依然厚厚地绕着我。那样多好心的朋友来帮我们整理。擦窗子的,补纸门的,扫地的,挂画儿的,插花瓶的,拥拥熙熙地挤满了一屋子。我老觉得我们的小屋快要炸了,快要被澎湃的爱情和友谊撑破了。你觉得吗?他们全都兴奋着,我怎能不兴奋呢?我们将有一个出色的婚礼,一定的。

这些日子我总是累着。去试礼服,去订鲜花,去买首饰,去选窗帘的颜色。我的心像一座喷泉,在阳光下涌溢着七彩的水珠儿。各种奇特复杂的情绪使我眩昏。有时候我也分不清自己是在快乐还是在茫然,是在忧愁还是在兴奋。我眷恋着旧日的生活,它们是那样可爱。我将不再住在宿舍里，享受阳台上的落日。我将不再偎在母亲的身旁，听她长夜话家常。而前面的日子又是怎样的呢？德，我忽然觉得自己好像要被送到另一个境域去了。那里的道路是我未走过的，那里的生活是我过不惯的，我怎能不惴惴然呢？如果说有什么可以安慰我的，那就是：我知道你必定和我一同前去。

冬天就来了，我们的婚礼在即，我喜欢选择这季节，好和你厮守一个长长的严冬。我们屋角里不是放着一个小火炉吗？当寒流来时，我愿其中常闪耀着炭火的红火。我喜欢我们的日子从黯淡凛冽的季节开始，这样，明年的春花才对我们具有更美的意义。

我即将走入礼堂，德，当结婚进行曲奏响的时候，父母将挽着我，送我走到坛前，我的步履将凌过如梦如幻的花香。那时，你将以怎样的微笑迎接我呢？

我们已有过长长的等待，现在只剩下最后的一段了。等待是美的，正如奋斗是美的一样，而今，铺满花瓣的红毯伸向两端，美丽的希冀盘旋而飞舞，我将去即你，和你同去采撷无穷的幸福。当金钟轻摇，蜡炬燃起，我乐于走过众人去立下永恒的誓愿。因为，哦，德，因为我知道，是谁，在地毯的那一端等我。

步下红毯之后

> 做人总得冲,总得顿破什么,反正不是我们壮硕自己去撑破镣铐,就是让那残忍的钢圈箍入我们的皮肉。

楔子

妹妹被放下来,扶好,站在院子里的泥地上,她的小脚肥肥白白的,站不稳。她大概才一岁吧,我已经四岁了!

妈妈把菜刀拿出来,对准妹妹两脚中间那块泥,认真而且用力地砍下去。

"做什么?"我大声问。

"小孩子不懂事!"妈妈很神秘地收好刀,"外婆说的,这样小孩子才学得会走路,你小时候我也给你砍过。"

"为什么要砍?"

"小孩子生出来,脚上都有脚镣锁着,所以不会走路,砍断了才走得成路。"

"我没有看见，"我不服气地说，"脚镣在哪里？"

"脚镣是有的，外婆说的，你看不见就是了！"

"现在断了没？"

"断了，现在砍断了，妹妹就要会走路了。"

妹妹后来当然是会走路了，而且，我渐渐长大，终于也知道妹妹会走路跟砍脚镣没有什么关系，但不知为什么，那遥远的画面竟那样清楚兀立，使我感动。

也许脚镣手铐是真有的，做人总得冲，总得顿破什么，反正不是我们壮硕自己去撑破镣铐，就是让那残忍的钢圈箍入我们的皮肉。

是暮春还是初夏也记不清了，我到文星出版社的楼上去，萧先生把一份契约书给我。

"很好，"他说，他看来高大、精细、能干，"读你的东西，让我想到小时候念的冰心和泰戈尔。"

我惊讶得快要跳起来，冰心和泰戈尔，这是我熟得要命、爱得要命的呀！他怎么会知道？我简直觉得是一份知遇之恩，《地毯的那一端》就这样卖断了，扣掉税我只拿到二千多元，但也不觉得吃了亏。

我兴冲冲地去找朋友调色样，我要了紫色，那时候我新婚，家里的布置全是紫色，窗帘是紫的，床罩是紫的，窗棂上的珊瑚藤是紫的，那紫色漫溢到书页上，一段似梦的岁月。那是个

辑二　爱一个人，就是在冰箱里为他留一只苹果

漂亮的阳光昼日，我送色样到出版社去，路上碰到三毛，她也是去送色样的，她是为男友舒凡的书调色，调的是草绿色，或说是酪梨绿，我也喜欢那颜色。那天下午的三毛真是美丽，因为心中有爱情，手中有颜色。我趋前谢谢她，因为不久前她为我画了一幅婚礼上的签名绸，画些绝美的牡丹。出书真是件兴奋的事，我们愉快地将生命中的一抹色彩交给了那即将问世的小册子。

"我们那时候一齐出书，"有一次康芸薇说，

"文星宣传得好大呀，放大照都挂出来了。"

那事我倒忘了，经她一提，想想好像真有那么回事，并且是摄影家柯锡杰照的。奇怪的是我虽不怎么记得照片的事，却记得自己常常下了班，巴巴地跑到出版社楼上，请他们给我看新书发售的情形。

"谁的书比较好卖？"其实书已卖断，销路如何跟我已经没有关系。

"你的跟叶珊的。"店员翻册子给我看，叶珊就是后来的杨牧。

我拿过册子仔细看，想知道到底是叶珊卖得多，还是我——我说不出那是痴还是幼稚，那时候成天都为莫名其妙的事发急发愁，年轻大概就是那样。

那年十月，"幼狮文艺"的朱桥寄了一张庆典观礼券给我，

我去了。丈夫也有一张票,我们的座位不同区,相约散会的时候在体育场门口见面。

我穿了一身洋红套装,那天的阳光辉丽,天空一片艳蓝,我的位置很好,表演很精彩,而丈夫,在场中的某个位子上,我们会后会相约而归,一切正完美晶莹,饱满无憾……

但是,忽然,我的泪水夺眶而出,我想起了南京……

不是地理上的南京,是诗里的,词里的,魂梦里的,母亲的乡音里的南京(母亲不是南京人,但在南京读中学),依稀记得那些名字,玄武湖、明孝陵、鸡鸣寺、夫子庙、秦淮河……

不,不要想那些名字,那不公平,中年人都不乡愁了,你才这么年轻,乡愁不该交给你来愁,你看表演吧,你是被邀请来看表演的,看吧!很好的位子呢!不要流泪,你没看见大家都好好的吗!你为什么流泪呢?你真的还太年轻,你身上穿的仍是做新娘子的嫁服,你是幸福的,你有你小小的家,每天黄昏,拉下紫幔等那人回来,生活里有小小的气恼,小小的得意,小小的凄伤和甜蜜,日子这样不就很好了吗?

会散了我挨蹭到门口,他在那里等我。我们一起回家。

"你怎么了?"走了好一段路,他忍不住问我。

"不,不要问我。"

"你不舒服吗?"

"没有。"

"那,"他着急起来,"是我惹了你?"

"没有,没有,都不是——你不要问我,求求你不要问我,一句话都不要跟我讲,至少今天别跟我讲……"

他诧异地望着我,惊奇中却有谅解,近午的阳光照在宽阔坦荡的敦化北路上。我们一言不发地回到那紫色小巢。

他真的没有再干扰我,我恍恍惚惚地开始整理自己,我渐渐明白有一些什么根深蒂固的东西一直潜藏在我自己也不甚知道的深渊之处,是淑女式的教育所不能掩盖的,是传统中文系的文字训诂和诗词歌赋所不能磨平的,那极蛮横极狂野极热极不可挡的什么,那种"欲饱史笔有脂髓,血作金汤骨做垒,凭将一腔热肝肠,烈作三江沸腾水"①的情怀……

---

① 那是我自己的句子,不算诗,因为平仄不对。

辑二　爱一个人，就是在冰箱里为他留一只苹果

别人的同学会

> 想来那男孩当年也满可爱的，虽然现在的他已是"忠厚"人士，虽然他坐在自己身边竭力不为那份诚实而自得自豪。

出门的时候，她蔫蔫的，一副意兴阑珊的样子。

多年夫妻了，装高兴的那种把戏看来也大可不必了。装假，实在是很累人的事，更何况，装得不好是会给人拆穿的，反而没趣。

他应该也看出来了，但大概由于理亏，也就不好意思说什么。两人叫了出租车，便往豪华饭店驰去。她本来就讨厌吃"泼费"（"尽量吃饱"的意思），何况又是去跟丈夫的同学吃。

世上无聊的事很多，陪配偶的老同学吃饭大概也算一桩吧？今天的晚宴，她想象起来，也不觉得会有什么乐趣。所谓"老友"，本来天经地义，就该有点排外。老友聊天如果不能令别人目瞪口呆，片言只语也插不进，那也不叫"老友"了。

这种场合，她知道，做妻子的去了，实在了无生趣。但不去，又显得做丈夫的没面子,连个老婆也搬不动,只好勉勉强强无精打采地去走一遭。等一下,等到达饭店,她会把笑容拿出来挂上脸去,她会把自己装作"鸽派人士"。但现在,她想要休息一下,她把自己缩成一条还没有吹涨的气球,萎绉且扭曲,窝在座椅上。

坐上桌以后,果不出所料,几个男人开始大谈想当年,女人则静静地听,静静地吃,完全插不上嘴。同学会这种地方是不该带配偶的,太不人道了,她想,各人跑各人自己的同学会才对。好在几个太太都是质朴的人,大家低头吃东西,倒也相安。曾经碰到某些太太没话找话说,那才叫累人。

忽然,话锋一转,他们谈到了作弊。而且,他们一致把眼睛望向她的丈夫。

"哎呀,真的,我们班上唯一考试不作弊的人,就是你呀!"

"对呀,就是你,只有你一个!"

她吃了一惊,原来他是唯一的一个!她自己考试不作弊,总以为天下人都该不作弊,没料到丈夫当年竟是唯一的一个。

"那你呢?你也作弊啦!"有个太太多此一举的瞪眼问自己的丈夫。

"我不作我就毕不了业了!"那丈夫理直气壮地回答。

她默默地吃着,什么话也没讲。心里却对自己说,啊,想来那男孩当年也满可爱的,虽然现在的他已是"忠厚"人士,虽然他坐在自己身边竭力不为那份诚实而自得自豪。他的确是个诚实的君子,相处三十多年后,她倒也能为这句话盖上印章,打上包票。

"有时去参加别人的同学会倒也不完全是无聊的事。"

回家的路上,挽着丈夫的手,她想。

且让我们听长夏欢悦而惆怅的咏叹词，听这生命的神秘跫音，响自这城市中最后的凉柯。

辑 三

不识

初绽的诗篇

> 让天使们在碧云之上鼓响他们快乐的翅，我只愿有你，在我的梦中，在我并不强壮的臂膀里。

白莲花

二月的冷雨浇湿了一街的路灯，诗诗。

生与死，光和暗，爱和苦，原来都这般接近。

而诗诗，这一刻，在待产室里，我感到孤独，我和你，在我们各人的世界里孤独，并且受苦。诗诗，所有的安慰，所有怜惜的目光为什么都那么不切实际？谁会了解那种疼痛，那种曲扭了我的身体，击碎了我的灵魂的疼痛，我挣扎，徒然无益的哭泣，诗诗，生命是什么呢？是崩裂自伤痕的一种再生吗？

雨在窗外，沉沉的冬夜在窗外，古老的炮仗在窗外，世界又宁谧又美丽，而我，诗诗，何处是我的方向？如果我死，这将是我躺过的最后一张床，洁白的，隔在待产室幔后的床。我留我的爱给你，爱是我的名字，爱是我的写真。有一天，当你走过蔓草荒烟，我便在那里向你轻声呼喊——以风声，以水响。

诗诗，黎明为什这样遥远，我的骨骼在山崩，我的血液在倒流，我的筋络像被灼般地纠起，而诗诗，你在哪里？

他们推我入产房，诗诗，人间有比这更孤绝的地方吗？那只手被隔在门外——那终夜握着我的手，那多年前在月光下握着我的手。他的目光，他的祈祷，他的爱，都被关在外面，而我，独自步向不可测的命运。

所有的脸退去，所有的往事像一只弃置的牧笛。室中间，一盏大灯俯向我仰起的脸，像一朵倒生的莲花，在虚无中燃烧着千层洁白。花是真，花是幻，花是一切，诗诗。

今夜太长，我已疲倦，疲于挣扎，我只想嗅嗅那朵白莲花，嗅嗅那亘古不散的幽香。

花是你，花是我，花是我们永恒的爱情，诗诗。

四月的迷迭香

似乎是四月，似乎是原野，似乎是蝶翅乱扑的花之谷。

"呼吸，深深地呼吸吧！"从遥远的地方，有那样温柔的声音传来。

我在何处,诗诗,疼痛渐远,我听见金属的碰撞声,我闻着那样沁人的香息。你在何处,诗诗。

"用力!已经看见头了!用力!"

诗诗,我是星辰,在崩裂中涣散。而你,诗诗,你是一颗全新的星,新而亮,你的光将照彻今夜。

诗诗,我望着自己,因汗和血而潮湿的自己,忽然感到十字架并不可怕,髑髅地并不可怕,荆棘冠冕并不可怕,孤绝并不可怕——如果有对象可以爱,如果有生命可为之奉献,如果有理想可前去流血。

"呼吸,深深地呼吸。"

何等的迷迭香,诗诗,我就浮在那样的花香里,浮在那样无所惧的爱里。

早晨已经来,万象寂然,宇宙重新回到太古,混沌而空虚,只有迷迭香,沁人如醉的迷迭香,诗诗,你在哪里?

我仍清楚地感到手术刀的宰割,我仍能感到温热的血在流,血,以及泪。

我仍感觉到我苦苦的等待。

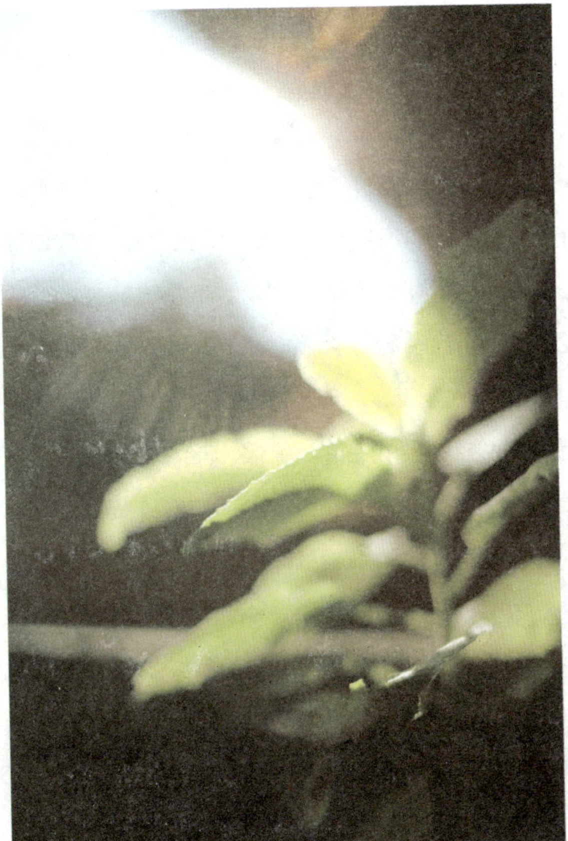

歌手

像高悬的瀑布，你猝然离开了我。

"恭喜啊，是男孩。"

"谢谢。"我小声地说，安慰，而又悲哀。

我几乎可以听到他们剪断脐带的声音，我们的生命就此分割了，分割了，以一把利剪。诗诗，而今而后，虽然表面上我们将住在一个屋子里，我将乳养你，抱你，亲吻你，用歌声送你去每晚的梦中，但无论如何，你将是你自己了。你的眼泪，你的欢笑，都将与我无份，你将搧动你自己的羽翼，飞向你自己的晴空。

诗诗，可是我为什么哭泣，为什么我老想着要挽回什么。

世上有什么角色比母亲更孤单，诗诗，她们是注定要哭泣的，诗诗，容我牵你的手，让我们尽可能地接近。而当你飞翔时，容我站在较高的山头上，去为你担心每一片过往的云。

他们为什么不给我看你的脸，我疲惫地沉默着。但忽然，我听见你的哭。

那是一首诗，诗诗。这是一种怎样的和谐呢？啼哭，却充满欢欣，你像你的父亲，有着美好的 tenor（男高音）嗓子，我一听就知道。

而诗诗，我的年幼的歌手，什么是你的主题呢？一些赞美？一些感谢？一些敬畏？一些迷惘？但不管如何，它们感动了我，那样简单的旋律。

诗诗，让你的歌持续，持续在生命的死寂中。诗诗，我们不常听到流泉，我们不常听到松风，我们不常有伯牙，不常有华格纳，但我们永远有婴孩。有婴孩的地方便有音乐，神秘而美丽，像传抄自重重叠叠的天外。

诗诗，歌手，愿你的生命是一只庄严的歌，有声，或者无声，去充满人心的溪谷。

丁大夫和画

丁大夫来自很远的地方，诗诗，很远很远的爱尔兰，你不曾知道他，他不曾知道你。当他还是一个吹着风笛的小男孩，他何尝知道半个世纪以后，他将为一个黑发黑睛的孩子引渡？诗诗，是一双怎样的手安排他成为你所见到的第一张脸孔？

他有多么好看的金发和金眉，他和善的眼神和红扑扑的婴儿般的脸颊使人觉得他永远都在笑。

当去年初夏，他从化验室中走出来，对我说"恭喜你"的时候，我真想吻他的手。他明亮的浅棕色的眼睛里充满了了解和美善，诗诗，让我们爱他。

而今天早晨，他以钳子钳你巨大的头颅，诗诗，于是你就被带进世界。

当一切结束，终夜不曾好睡的他舒了一口气。有人在为我换干净的褥单，他忽然说："看啊，我可以到巴黎去，我画得比他们好。"

满室的护士都笑了，我也笑，忽然，我才发现我疲倦得有多么厉害。

他们把那幅画拿走了，那幅以我的血我的爱绘成的画，诗诗，那是你所见的第一幅画，生和死都在其上，诗诗，此外不复有画。

推车，甜蜜的推车，产房外有忙碌的长廊，长廊外有既忧苦又欢悦的世界，诗诗。

丁大夫来到我的床边，和你愣然的父亲握手。

"让我们来祈祷。"他说，合上他厚而大的巴掌——那是医治者的掌，也是祈祷者的掌，我不知道我更爱他的那一种掌。

"上帝，我们感谢你，
因为你在地上造了一个新的人，
保守他，使他正直，
帮助他，使他有用。"

诗诗，那时，我哭了。

诗诗，二十七年过去，直到今晨，我才忽然发现，什么是人，我才了解，什么是生存，我才彻悟，什么是上帝。

诗诗，让我们爱他，爱你生命中第一张脸，爱所有的脸——可爱的，以及不可爱的，圣洁的，以及有罪的，欢愉的，以及悲哀的。直受到生命的末端，爱你黑瞳中最后的脸。

诗诗。

红樱

无端的，我梦见夹道的红樱。

梦中的樱树多么高，多么艳，我的梦遂像史诗中的特洛城，整个地被燃着了，我几乎可以听见火焰的劈啪声。

而诗诗，我骑一辆跑车，在山路上曲折而前。我觉得我在飞。

于是，我醒来，我仍躺在医院白得出奇的被褥上。那些樱花呢？那些整个春季里真正只能红上三五天的樱瓣呢？

因此就想起那些山水，那些花鸟，那些隔在病室之外世界。诗诗，我曾狂热地爱过那一切，但现在，我却被禁锢，每天等待四小时一次的会面，等待你红于樱的小脸。

当你偶然微笑，我的心竟觉得容不下那么多的喜悦，所谓母亲，竟是那么卑微的一个角色。

但为什么，当我自一个奇特的梦中醒来，我竟感到悲哀。春花

辑三　不识

的世界似乎离我渐远了，那种悠然的岁月也向我挥手作别。而今而后，我只能生活在你的世界里，守着你的摇篮，等待你的学步，直到你走出我的视线。

我闭上眼睛，想再梦一次樱树——那些长在野外，临水自红的樱树，但它们竟不肯再来了。

想起十六岁那年，站在女子中学的花园里所感到的眩晕。那年春天，波斯菊开得特别放浪，我站在花园中间，四望皆花，真怕自己会被那些美所击昏。

而今，诗诗，青春的梦幻渐渺，余下唯一比真实更真实，此美善更美善的，那就是你。

但诗诗，你是什么呢？是我多梦的生命中最后的一梦吗？

祝福那些仍眩晕在花海中的少年，我也许并不羡慕他们。但为什么？诗诗，我感到悲哀，在白贝壳般的病房中，在红樱亮得人眼花的梦后。

在静夜里

你洞悉一切，诗诗，虽然言语于你仍陌生。而此刻，当你熟睡如谷中无风处的小松，让我的声音轻掠过你的梦。

如果有人授我以国君之荣，诗诗，我会退避，我自知并非治世之才。如果有人加我以学者之尊，我会拒绝，诗诗，我自知并非渊博之士。

但有一天，我被封为母亲，那荣于国君尊于学者的地位，而我竟接受。诗诗。因此当你的生命在我的腹中被证实，我便惶然，如同我所孕育的不止是一个婴儿，而是一个宇宙。

世上有何其多的女子，敢于自卑一个母亲的位分，这令我惊奇，诗诗。

我曾努力于做一个好的孩子，一个好的学生，一个好的教师，一个好的人。但此刻，我知道，我最大的荣誉将是一个好的母亲。

当你的笑意，在深夜秘密的梦中展现，我就感到自己被加冕。而当你哭，闪闪的泪光竟使东方神话中的珠宝全为之失色。当你的小膀臂如萝藤般缠绕着我，每一个日子都是神圣的母亲节。当你晶然的小眼望着我，遍地都开着五月的康乃馨。

因此，如果我曾给你什么，我并不知道。我只知道，你给我的令我惊奇，令我欢悦，令我感戴。

想象中，如果有一天你已长大，大到我们必须陌生，必须误解，那将是怎样的悲哀。故此，我们将尽力去了解你，认识你，如同岩滩之于大海。我愿长年地守望你，熟悉你的潮汐变幻，了解你的每一拍波涛。我将尝试着同时去爱你那忧郁沉静的蓝和纯洁明亮的白——甚至风雨之夕的灰浊。

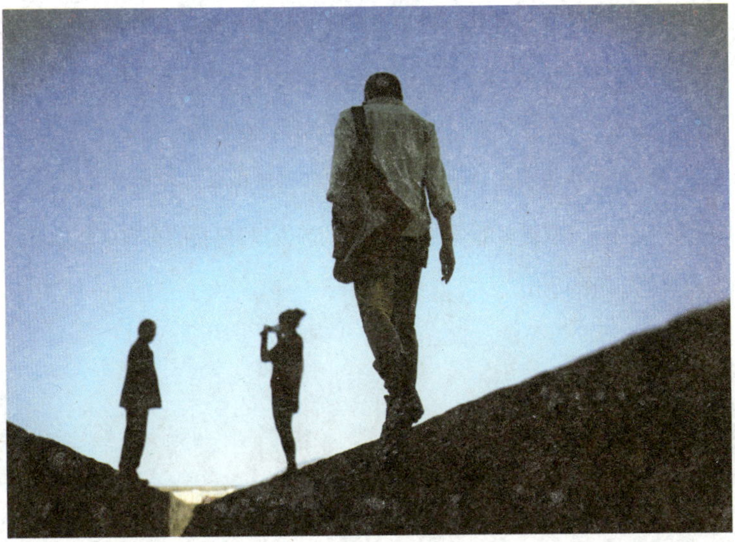

如果我的爱于你成为一种压力，如果我的态度过于笨拙，那么，请你原谅我，诗诗，我曾诚实地期望为你作最大的给付，我曾幻想你是世间最幸福的孩童。如果我没有成功，你也足以自豪。

我从不认为"天下无不是的父母"，如果让全能者来裁判，婴儿永远纯洁于成人。如果我们之间有一人应向另一人学习，那便是我。帮助我，孩子，让我自你学习人间的至善。我永不会要求你顺承我，或者顺承传统，除了造物者自己，大地上并没有值得你顶礼膜拜的金科玉律。世间如果有真理，那真理自在你的心中。

若我有所祈求，若我有所渴望，那便是愿你容许我更多爱你，并容许我向你支取更多的爱。在这无风的静夜里，愿我的语言环绕你，如同远远近近的小山。

如果你是天使

如果你是天使，诗诗，我怎能想象如果你是天使。

若是那样，你便不会在夜静时啼哭，用那样无助的声音向我说明你的需要，我便不会在寒冷的冬夜里披衣而起，我便无法享受拥你在我的双臂中，眼见你满足地重新进入酣睡的快乐。

如果你是天使，诗诗，你便不会在饥饿时转动你的颈子，噘着小嘴急急地四下索乳。诗诗，你永不知道你那小小的动作怎样感动着我的心。

如果你是天使，在每个宁馨的午觉后，你便不会悄无声息地爬上我的大床，攀着我的脖子，吻我的两颊，并且咬我的鼻子，弄得我满脸唾津，而诗诗，我是爱这一切的。

如果你是天使，你不会钻在桌子底下，你便不会弄得满手污黑，你便不会把墨水涂得一脸，你便不会神通广大的把不知何处弄到的油漆抹得一身，但，诗诗，每当你这样做时，你就此平常可爱一千倍。如果你是天使，你便不会扶着墙跌跌撞撞地学走路，我便无缘欣赏倒退着逗你前行的乐趣。而你，诗诗，每当你能够多走几步，你便笑倒在地，你那毫无顾忌的大笑，震得人耳麻，天使不会这些，不是吗？

并且，诗诗，天使怎会有属于你的好奇，天使怎会蹾在地下看一只细小的黑蚁，天使怎会在春天的夜晚讶然地用白胖的小手，指着满天的星月，天使又怎会没头没脑地去追赶一只笨拙的鸭子，天使怎会热心地模仿邻家的狗吠，并且学得那么酷似。

当你做坏事的时候，当你伸手去拿一本被禁止的书，当你蹑着脚走近花钵，你那四下溜目的神色又多么令人绝倒，天使从来不做坏事，天使温驯的双目中永不会闪过你做坏事时那种可爱的贼亮，因此，天使远比你逊色。

而每天早晨，当我拿起手提包，你便急急地跑过来抱住我的双腿，你哭喊、你撕抓，作无益的挽留——你不会如此的，如果你是天使——但我宁可你如此，虽然那是极伤感的时刻，但当我走在小巷里，你那没有掩饰的爱便使我哽咽而喜悦。

如果你是天使，诗诗，我便不会听到那样至美的学话的呀呀，我不会因听到简单的"爸爸""妈妈"而泫然，我不会因你说了串无意义的音符便给你那么多亲吻，我也不会因你在"爸妈"之外？第一个会说的字是"灯"便肯定灯是世间最美丽的东西。

如果你是天使，你决不会唱那样难听的歌，你也不会把小钢琴敲得那么刺耳，不会撕坏刚买的图画书，不会扯破新买的衣服，不会摔碎妈妈心爱的玻璃小鹿，不会因为一件不顺心的事而乱蹬着两条结实的小腿，并且把小脸涨得通红。但为什么你那小小的坏事使我觉得可爱，使我预感到你性格中的弱点，因而觉得我们的接近，并且因而觉得宠爱你的必要。

也许你会有更清澈的眼睛，有更红嫩的双颊，更美丽的金发和更完美的性格——如果你是天使。但我不需要那些，我只满意于你，诗诗，只满意于人间的孩童。

让天使们在碧云之上鼓响他们快乐的翅，我只愿有你，在我的梦中，在我并不强壮的臂膀里。

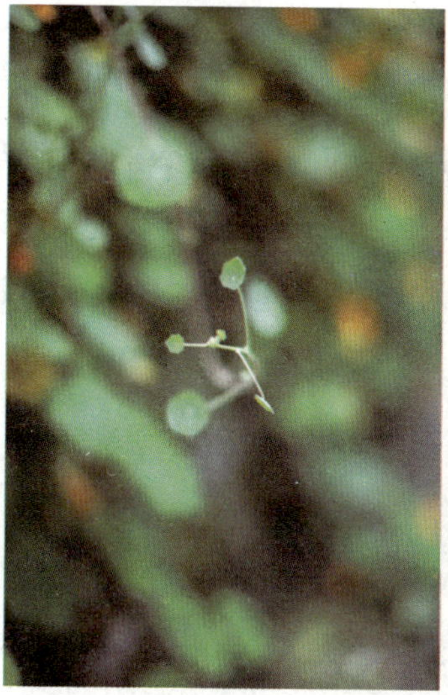

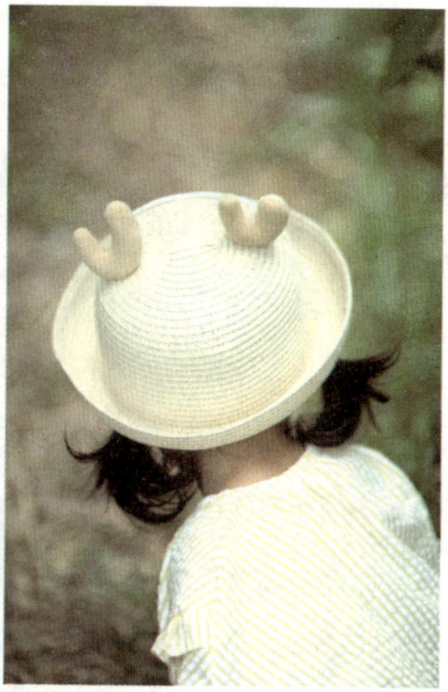

贝展

让我们去看贝壳展览，诗诗，让我们去看那光彩的属于海上的生命。

而海，诗诗，海多么遥远，那吞吐着千浪的海，那潜藏着鱼龙的海，那使你母亲的梦境为之芬芳的海。

海在何处？诗诗，它必是在千山之外，我已久违了那裂岸的惊涛，我已遗忘了那溺人的柔蓝，眼前只有贝，只有博物馆灯下的彩晕向我见证那澎湃的所在。

诗诗！这密雨的初夏，因一室的贝壳而忧愁了，那些多色的躯壳，似乎只宜于回响一首古老的歌，一段被人遗忘的诗。但人声嘈杂，人潮汹涌，有谁回顾那曾经蠕动的生命，有谁怜惜那永不能回到海中的旅魂。

而你，你童稚的黑睛中只曾看见彩色的斑斓，那些美丽于你似乎并不惊奇，所有的美好，在你都是一种必然，因你并不了解丑陋为何物。丑陋远在你的经验之外。

从某一个玻璃柜走过，我突然驻足不前，那收藏者的名字乍然刺痛了我，那曾经响亮的名字如今竟被压在一列寂寞的贝壳之下，记得他中年后仍炯然的双目，他的多年来仍时常夹着激愤的声音，但数年不见，何图竟在冷冷的玻璃板下遇见他的名字，想着他这些

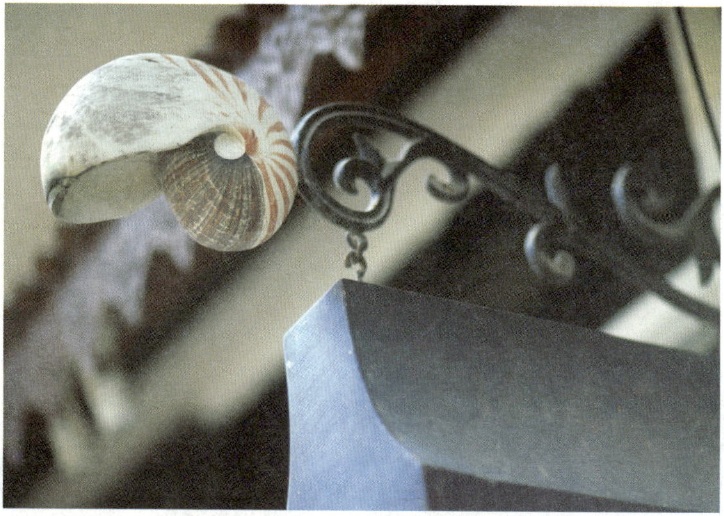

年的岁月，心中便凄然，而诗诗，你不会懂得这些——当然，也许有一天你会懂。啊，想到你会懂，我便欲哭。当初我的母亲何尝料到我会懂这一切，但这一天终会来的，伊甸园的篱笆终会倾倒。

且让我们看这些贝，诗诗，这些空洞的躯壳多么像一畦春花，明艳而闪烁。看那碎红，看那皎白，看那沉紫，看那腻黄，诗诗，看那悲剧性的生命。

六月的下午，诗诗，站在千形的贝前，我们怎得不垂泪，为死去的贝，为老去的拾贝人，为逸去的恋海的梦。

诗诗，不要拾起你惊异的小眼，不要探询，且把玩这一枚我为你买的透明的小贝。有一天，或许一天，我们把它带回海边，重放它入那一片不损不益的明蓝。

蝉鸣季

七月了，诗诗。蝉鸣如网，撒自古典的蓝空，蝉鸣破窗而来，染绿了我们的枕席。

诗诗，你的小嘴吱然作声，那么酷似地模仿着？像模仿什么美丽的咏叹调。而诗诗，蝉在何处，在尤加利最高的枝梢上，在晴空最低的流云上，抑或在你常红的两唇上。

而当你笑，把七月的绚丽，垂挂在你细眯的眼睫外，你可曾想及那悲剧的生命,那十几年在地下,却只留一夏在南来的薰风中的蝉?而当他歌唱,我们焉知那不是一种深沉的静穆?

蝉鸣浮在市声之上,蝉鸣浮在凌乱的楼宇之上,蝉鸣是风,蝉鸣是止不住的悲悯。诗诗,让我们爱这最后的,挣扎在城市里的音乐。

曾有一天黄昏,诗诗,曾有一天黄昏,你的母亲走向阳明山半山的林荫里,年轻人的营地里有一个演讲会。一折入那鼓着山风的小径,她的心便被回忆夺去。十年了,小径如昔,对面观音山的霞光如昔,千林的蝉声如昔。但十年过去,十年前柔蓝的长裙不再,十年前的马尾结不再,诗诗,我该坦然,或是驻足太息。

那一年,完整的四个季节,你的母亲便住在这山上,杜鹃来潮时,女孩子的梦便对着穿户的微云绽开。那男孩总是从这条山径走来——那男孩,诗诗,曾和你母亲在小径上携手的,会和你母亲在山泉中濯足的,现在每天黄昏抱你在他的膝上,让你用白蚕似的小指头去探他的胡碴。

诗诗,蝉声翻腾的小径里,十年便如此飞去。诗诗,那男孩和那女孩的往事被吹在茫然的晚风里,美丽,却模糊——如同另一个山头的蝉鸣。

偶低头,一只尚未脱皮的蝉正笨拙的走向相思林,微温的泥沾在它身上,一种说不出的动人。

她，你的母亲，或者说那女孩吧——我并不知道她是谁——把它拣起。

它的背上裂着一条神秘的缝，透过那条缝，壳将死，蝉将生，诗诗，蝉怎能不是一首诗。

那天晚上，灯下的蝉静静地层示出它黑艳的身躯，诗诗，这是给你的。诗诗，蝉声恒在，但我们只能握着今岁的七月，七月的风，风中的蝉。

七月一过，蝉声便老。薰风一过，蝉便不复是蝉，你不复是你。诗诗，且让我们听长夏欢悦而惆怅的咏叹词，听这生命的神秘跫音，响自这城市中最后的凉柯。

花担

诗诗，春天的早晨，我看见一个女人沿着通往城市的路走来。

她以一根扁担，担着两筐子花。诗诗你能不惊呼吗？满满两大筐水晶一般硬挺而透明的春花。

一筐在前，一筐在后，她便夹在两筐璀璨之间。半截青竹剖成的扁担微作弓形，似乎随时都准备要射发那两筐箭镞般的待放的春天。

淡淡的清芬随着她的脚步，一路散播过来。当农人在水田里插那些半吐的青色秧针,她便在黑柏油的路上插下恍惚的香气。诗诗,让我们爱那些香气,从春泥中酿成的香气。

当她行近,诗诗,当她的脸骤然像一张距离太近的画贴近我时,我突然怔住了。汗水自她的额际流下,将她的土布衫子弄湿了。我忍不住自责,我只见到那些缤纷的彩色,但对她而言,那是何等的负荷,她吃力地走着,并不强壮的肩膀被压得微微倾斜。

诗诗,生命是一种怎样的负担?

当她走远,我仍立在路旁,晨露未晞,青色的潮意四面环绕着我们。诗诗,我迷惘地望着她和她,那逐渐没入市尘的模糊的花担。

她是快乐的呢?还是痛苦的呢?

诗诗,担着那样的担子是一种怎样的感觉的呢?走这样的一段路又是怎样的一段路呢?想着想着,我的心再度自责,我没有资格怜悯她,我只该有敬意——对负重者的敬意。

那天早晨,当我们从路旁走开,我忽然感到那担子的重量也压在我的两肩上。所有美丽的东西似乎总是沉重的——但我们的痛苦便是我们的意义,我们的负荷便是我们的价值。诗诗,世上怎能有无重量的鲜花?人间怎能有廉价的美丽?

诗诗,且将你的小足举起,让我们沿着那女人走过的路回去。诗诗,当你的脚趾初履大地的那一天,荆棘和碎石便在前路上埋伏着了。诗诗,生命的红酒永远榨自破碎的葡萄,生命的甜

辑三　不识

汁永远来自压干的蔗茎。今年春天，诗诗，今年春天让我们试着去了解，去参透。诗诗，让我们不再祈祷自己的双肩轻松，让我们只祈祷我们挑着的是满筐满篓的美丽。

诗诗愿今晨的意象常在我们心中，如同光热常在春阳中。

第一首诗

诗诗，冬天的黄昏，雨的垂帘让人想起江南，你坐在我的膝上，美好的宽额有如一块湿润的白玉。

于是，开始了我们的第一首诗：

床前明月光

疑是地上霜

举头望明月

低头思故乡

诗诗，简单的字，简单的旋律，只两遍，你就能上口了。你高兴地嚷着，把它当成一只新学会的歌，反复地吟诵，不满两岁的你竟能把抑扬顿挫控制得那么好。

满城的灯光像秋后的果实，一枚枚地在窗外亮了起来，我却木然地垂头,让泪水在渐沉的暮霭中纷落。

诗诗,诗诗,怎样的一首诗,我们的第一首诗。在这样凄惶的异乡黄昏,在窗外那样陌生的棕榈树下,我们开始了生命中的第一首诗,那样美好的,又那样哀伤的绝句。

八岁,来到这个岛上,在大人的书堆里搜出一本唐诗,糊里糊涂地背了好些,日子过去,结了婚,也生了孩子,才忽然了解什么是乡愁。想起那一年,被爷爷带着去散步,走着走着,天蓦地黑了,我焦急地说:

"爷爷,我们回家吧!"

"家?不,那不是家,那只是寓。"

"寓?"我更急了,"我们的家不是家吗?"

"不是,人只有一个家,一个老家,其他的地方都是寓。"

如果南京是寓,新生南路又是什么?

诗诗,请停止念诗吧,客中的孤馆无月也无霜。我不明白我为什么在各日的黄昏里想起这首诗,更不明白为什么把它教给稚龄的你。诗诗,故乡是什么,你不会了解,事实上,连我也不甚了解。除了那些模糊的记忆,我只能向故籍中去体认那"三秋桂子"的故国,那"十里荷香"的故国。但于你呢?永忘不了那天你在客人面前表演完了吟诗,忽然被突来的问题弄乱了手脚。

"你的故乡在哪里?"

你急得满房子乱找,后来却又宽慰地拍着口袋说:"在这里。"满堂的笑声中我却忍不住地心痛如绞。

在哪里呢?诗诗,一水之隔,一梦之隔,在哪里呢?

诗诗,当有一天,当你长大,当你浪迹天涯,在某一个月如素练的夜里,你会想起这首诗。

那时,你会低首无语,像千古以来每个读这首诗人。那时候,你的母亲又将安在?她或许已阖上那忧伤多泪的眼,或许仍未阖上,但无论如何,她会记得,在那个宁静的冬日黄昏,她曾抱你在膝上,一起轻诵过那样凄绝的句子。

让我们念它,诗诗,让我们再念:

床前明月光
疑是地上霜
举头望明月
低头思故乡

初雪

> 每年冬天,当初雪落下的那一天,人们便坐在庭院里,穆然无言地凝望那一片片轻柔的白色。

诗诗,我的孩子:

如果五月的花香有其源自,如果十二月的星光有其出发的处所,我知道,你便是从那里来的。

这些日子以来,痛苦和欢欣都如此尖锐,我惊奇在它们之间区别竟是这样的少。每当我为你受苦的时候,总觉得那十字架是那样轻省,于是我忽然了解了我对你的爱情,你是早春,把芬芳秘密地带给了园。

在全人类里,我有权利成为第一个爱你的人。他们必须看见你,了解你,认识你而后决定爱你,但我不需要。你的笑貌在我的梦里翱翔,具体而又真实。我爱你没有什么可夸耀的,事实上没有人能忍得住对孩子的爱情。

你来的时候，我开始成为一个爱思想的人，我从来没有这样深思过生命的意义，这样敬重过生命的价值，我第一次被生命的神圣和庄严感动了。

因着你，我爱了全人类，甚至那些金黄色的雏鸡，甚至那些走起路来摇摆不定的小树，它们全都让我爱得心疼。

我无可避免的想到战争，想到人类最不可抵御的一种悲剧。我们这一代人像菌类植物一般，生活在战争的阴影里，我们的童年便在拥塞的火车上和颠簸的海船里度过。而你，我能给你怎样的一个时代？我们既不能回到诗一般的十九世纪，也不能隐向神话般的阿尔卑斯山，我们注定生活在这苦难的年代以及苦难的中国。

孩子，每思及此，我就对你抱歉，人类的愚蠢和卑劣把自己陷在悲惨的命运里。而令，在这充满核子恐怖的地球上，我们有什么给新生的婴儿？不是金锁片，不是香槟酒，而是每人平均相当一百万吨 TNT 的核子威力。孩子，当你用完全信任的眼光看这个世界的时候，你是否看得见那些残忍的武器正悬在你小小的摇篮上？以及你父母亲的大床上？

我生你于这样一个世界，我也许是错了。天知道我们为你安排了一段怎样的旅程。

但是，孩子，我们仍然要你来，我们愿意你和我们一起学习爱

辑三　不识

人类，并且和人类一起受苦。不久，你将学会为这一切的悲剧而流泪——而我们的世代多么需要这样的泪水和祈祷。

诗诗，我的孩子，有了你我开始变得坚韧而勇敢。我竟然可以面对着冰冷的死亡而无惧于它的毒钩，我正视着生产的苦难而仍觉傲然。为你，孩子，我会去胜过它们。我从没有像现在这样热爱过生命，你教会我这样多成熟的思想和高贵的情操，我为你而献上感谢。

前些日子，我忽然想起《新约》上的那句话："你们虽然没有遇过他，却是爱他。"我立刻明白爱是一种怎样独立的感情。当尤加利的梢头掠过更多的北风，当高山的峰巅开始落下第一片初雪的莹白，你便会来到。而在你珊瑚色的四肢还没有开始在这个世界挥舞以前，在你黑玉的瞳仁还没有照耀这个城市之先，你已拥有我们完整的爱情，我们会教导你在孩提以前先了解被爱。诗诗，我们答应你要给你一个快乐的童年。

写到这里，我又模糊地忆起江南那些那么好的春天，而我们总是伏在火车的小窗上，火车绕着山和水而行，日子似乎就那样延续着，我仍记得那满山满谷的野杜鹃！满山满谷又凄凉又美丽的忧愁！

我们是太早懂得忧愁的一代。

而诗诗，你的时代未必就没有忧愁，但我们总会给你一个丰富的童年，在你所居住的屋顶上没有屋子这个世界的财富，但有许多的爱，许多的书，许多的理想和梦幻。我们会为你砌一座故事里的玫瑰花床,你便在那柔软的花瓣上游戏和休息。

当你渐渐认识你的父亲,诗诗,你会惊奇于自己的幸运,他诚实而高贵,他亲切而善良。慢慢地你也会发现你的父母相爱得有多么深。经过这样多年,他们的爱仍然像林间的松风,清馨而又新鲜。

诗诗,我的孩子,不要以为这是必然的,这样的幸运不是每一个孩子都有的。这个世界不是每一对父母都相爱的。曾有多少个孩子在黑夜里独泣,在他们还没有正式投入人生的时候,生命的意义便已经否定了。诗诗,诗诗,你不会了解那种幻灭的痛苦,在所有的悲剧之前,那是第一出悲剧。而事实上,整个人类都在相残着,历史并没有教会人类相爱。诗诗,你去教他们相爱吧,像那位诗哲所说的:

他们残暴地贪婪着,嫉妒着,他们的言辞有如隐藏的刀锋正渴于饮血。

去,我的孩子,去站在他们不欢之心的中间,让你温和的眼睛落在他们身上,有如黄昏的柔霭淹没那日间的争扰。

让他们看你的脸,我的孩子,因而知道一切事物的意义,让他们爱你,因而彼此相爱。

诗诗,有一天你会明白,上苍不会容许你吝守着你所继承的爱,诗诗,爱是蕾,它必须绽放。它必须在疼痛的破拆中献芳香。

诗诗,也教导我们学习更多更高的爱。记得前几天,一则药商的广告使我惊骇不已。那广告是这样说的:"孩子,不该比别人的衰弱,下一代的健康关系着我们的面子。要是孩子长得比别人的健康、美丽、快乐,该多好多荣耀啊!"诗诗,人性的卑劣使我不禁齿冷。诗诗,我爱你,我答应你,永不在我对你的爱里掺入不纯洁的成分,你就是你,你永不会被我们拿来和别人比较,你不需要为满足父母的虚荣心而痛苦。你在我们眼中永远杰出,你可以贫穷、可以失败、甚至可以潦倒。诗诗,如果我们骄傲,是为你本身而骄傲,不是为你的健康美丽或者聪明。你是人,不是我们培养的灌木,我们决不会把你修剪成某种形态来使别人称赞我们的园艺天才。你可以照你的倾向生长,你选择什么样式,我们都会喜欢——或者学习着去喜欢。

我们会竭力地去了解你,我们会慎重地俯下身去听你述说一个孩童的秘密愿望,我们会带着同情与谅解帮助你度过忧闷的少年时期。而当你成年,诗诗,我们仍愿分担你的哀伤,人生总有那么些悲怆和无奈的事,诗诗,如果在未来的日子里你感觉孤单,请记住你的母亲,我们的生命曾一度相系,我会努力使这种系联持续到永恒。我再说,诗诗,我们会试着了解你,以及属于你的时代。我们会信任你——上帝从不赐下坏的婴孩。

我们会为你祈祷,孩子,我们不知道那些古老而太平的岁月会在什么时候重现。那种好日子终我们一生也许都看不见了。

如果这种承平永远不会再重现,那么,诗诗,那也是无可抗拒无可挽回的事。我只有祝福你的心灵,能在苦难的岁月里有内在的宁静。

常常记得,诗诗,你不单是我们的孩子,你也属于山,属于海,属于五月里无云的天空——而这一切,将永远是人类欢乐的主题。

你即将长大,孩子,每一次当你轻轻地颤动,爱情便在我的心里急速涨潮,你是小芽,蕴藏在我最深的深心里,如同音乐蕴藏在长长的萧笛中。

前些日子,有人告诉我一则美丽的日本故事。说到每年冬天,当初雪落下的那一天,人们便坐在庭院里,穆然无言地凝望那一片片轻柔的白色。

那是一种怎样虔敬动人的景象!那时候,我就想到你,诗诗,你就是我们生命中的初雪,纯洁而高贵,深深地撼动着我。那些对生命的惊服和热爱,常使我在静穆中有哭泣的冲动。

诗诗,给我们的大地一些美丽的白色。诗诗,我们的初雪。

娇女篇
——记小女儿

> 如果真有可得意的,大概止于看见小儿女的成长如小雏鸟张目振翅,渐渐地能跟我们一起盘桓上下,并且渐渐地既能出入青云,亦能纵身人世。

人世间的匹夫匹妇,一家一户的过日子人家,岂能有大张狂,大得意处?所有的也无非是一粥一饭的温馨,半丝半缕的知足,以及一家骨肉相依的感恩。

女儿的名字叫晴晴,是三十岁那年生的,强说愁的年龄过去了,渐渐喜欢平凡的晴空了。烟雨村路只宜在水墨画里,雨润烟浓只能嵌在宋词的韵律里,居家过日子,还是以响蓝的好天气为宜,女儿就叫了晴晴。

晴晴长到九岁,我们一家去恒春玩。恒春在屏东,屏东犹有我年老的爹娘守着,有桂花、有玉兰花以及海棠花的院落。过一阵子,我就回去一趟,回去无事,无非听爸爸对外孙说:"哎哟,长得这么大了,这小孩,要是在街上碰见,我可不敢认哩!"

辑三　不识

那一年,晴晴九岁,我们在佳洛水玩。我到票口去买票,两个孩子在一旁等着,做父亲的一向只顾拨弄他自以为得意的照相机。就在这时候,忽然飞来一只蝴蝶,轻轻巧巧就闯了关,直接飞到闸门里面去了。

"妈妈!妈妈!你快看,那只蝴蝶不买票,它就这样飞进去了!"

我一惊,不得了,这小女孩出口成诗哩!

"快点,快点,你现在讲的话就是诗,快点记下来,我们去投稿。"

她惊奇地看着我,不太肯相信:

"真的?"

"真的。"

诗是一种情缘,该碰上的时候就会碰上,一花一叶,一蝶一浪,都可以轻启某一扇神秘的门。

她当时就抓起笔,写下这样的句子:

我们到佳洛水去玩,

进公园要买票,

大人十块钱,

小孩五块钱,

但是在收票口,

我们却看到一只蝴蝶,

什么票都没有买，

就大模大样地飞进去了。

哼！真不公平！

"这真的是诗哇？"她写好了，仍不太相信。直到九月底，那首诗登在报上的"小诗人王国"上，她终于相信那是一首诗了。

及至寒假，她快十岁了，有天早上，她接到一通电话，接到电话以后她又急着要去邻居家。这件事并不奇怪，怪的是她从邻家回来以后，宣布说邻家玩伴的大姐姐，现在做了某某电视公司儿童节目的助理。那位姐姐要她去找些小朋友来上节目，最好是能歌善舞的。我和她父亲一时目瞪口呆，这小孩什么时候竟被人聘去做"小小制作人"了？更怪的是她居然一副身膺重命的样子，立刻开始筹划，她的程序如下：

一、先拟好一份同学名单，一一打电话。

二、电话里先找同学的爸爸妈妈，问曰："我要带你的女儿（儿子）去上电视节目，你同不同意？"

三、父母如果同意，再征求同学本人同意。

四、同学同意了，再问他有没有弟弟妹妹可以一起带来？

五、人员齐备了，要他们先到某面包店门口集合，因为那地方目标大，好找。

六、她自己比别人早十五分钟到达集合地。

七、等齐了人，再把他们列队带到我们家来排演，当然啦，导演是由她自己荣任的。

八、约定第二三次排练时间。

九、带她们到电视台录影，圆满结束，各领一个弹弹球为奖品回家。

那几天，我们亦惊亦喜，她什么时候长得如此大了，办起事来俨然有大将之风，想起"屋顶上的提琴手"里婚礼上的歌词：

> 这就是我带大的小女孩吗？
> 这就是那戏耍的小男孩？
> 什么时候他们竟长大了？
> 什么时候呀？他们……

想着，想着，万感交集，一时也说不清悲喜。

又有一次，是夜晚，我正在跟她到香港小留的父亲写信，她拿着一本地理书来问我：

"妈妈，世界上有没有一条三寸长的溪流？"

小孩的思想真令人惊奇,大概出于不服气吧?为什么书上老是要人背最长的河流、最深的海沟、最高的主峰以及最大的沙漠,为什么没有人理会最短的河流呢?那件事后来也变成了一首诗:

> 我问妈妈:
> "天下有没有三寸长的溪流?"
> 妈妈正在给爸爸写信,
> 她抬起头来说:
> "有——
> 就是眼泪在脸上流。"
> 我说:"不对,不对——溪流的水应该是淡水。"

初冬的晚上,两个孩子都睡了,我收拾他们做完功课的桌子,竟发现一张小小的宣传单,一看之下,不禁大笑起来。后生毕竟是如此可畏,忙叫她父亲来看,这份宣传单内容如下:

你想学打毛线吗?教你钩帽子,围巾,小背心。一个钟头才二元喔!(毛线自备或交钱买随意)。
时间:一至六早上,日下午。
寒假开始。

需者向林质心登记。

这种传单她写了许多份，看样子是广作宣传用的，我们一方面惊讶她的企业精神，一方面也为她的大胆吃惊。她哪里会钩背心，只不过背后有个奶奶，到时候现炒现卖，想来也要令人捏冷汗。这个补习班后来没有办成，现代小女生不爱钩毛线，她也只有自叹无人来续绝学。据她自己说，她这个班是"服务"性质，一小时二元是象征性的学费，因为她是打算"个别敬授"的。这点约略可信，因为她如果真想赚钱，背一首绝句我付她四元，一首律诗是八元，余价类推。这样稳当的"背诗薪水"她不拿，却偏要去"创业"，唉！

女儿用钱极省，不像哥哥，几百块的邮票一套套的买。她唯一的嗜好是捐款，压岁钱全被她成千成百的捐掉了，每想劝她几句，但劝孩子少作捐款，总说不出口，只好由她。

女儿长得高大红润，在班上是体型方面的头号人物，自命为全班女生的保护人。有哪位男生敢欺负女生，她只要走上前去瞪一眼，那位男生便有泰山压顶之惧。她倒不出手打人，并且一本正经地说：

"我们空手道老师说的，我们不能出手打人，会打得人家受不了的。"

俨然一副名门大派的高手之风,其实,也不过是个"白带级"的小侠女而已。

她一度官拜文化部长,负责一个"图书柜",成天累得不成人形,因为要为一柜子的书编号,并且负责敦促大家好好读书,又要记得催人还书,以及要求大家按号码放书……

后来她又受命做卫生排长,才发现指挥人扫地擦桌原来也是那么复杂难缠,人人都嫌自己的工作重,她气得要命。有一天我看到饭桌上一包牛奶糖,很觉惊奇,她向来不喜甜食的。她看我挪动她的糖,急得大叫:

"妈妈,别动我的糖呀!那是我自己的钱买的呀!"

"你买糖干什么?"

"买给他们吃的呀,你以为带人好带啊?这是我想了好久才想出来的办法呀!哪一个好好打扫,我就请他吃糖。"

快月考了,桌上又是一包糖。

"这是买给我学生的奖品。"

"你的学生?"

"是呀,老师叫我做××的小老师。"

××的家庭很复杂,那小女孩从小便有种种花招,女儿却对她有百般的耐心,每到考期女儿自己不读书,却累得上气不接下气地教她。

"我跟她说,如果数学考四十五分以上就有一块糖,五十分二块,六十分三块,七十分四块……"

"什么?四十五分也有奖品?"

"啊哟,你不知道,她什么都不会,能考四十分,我就高兴死啦!"

那次月考,她的高足考了二十多分,她仍然赏了糖,她说:

"也算很难得啰!"

我正在聚精会神地看一本书,她走到我面前来:

"我最讨厌人家说我是好学生了!"

我本来不想多理她,只喔了一声,转而想想,不对,我放下书,在灯下看她水蜜桃似的有着细小茸毛的粉脸:

"让我想想,你为什么不喜欢人家叫你'好学生',哦!我知道了,其实你愿意做好学生的,但是你不喜欢别人强调你是'好学生',因为有'好学生',就表示另外有'坏学生',对不对?可是那些'坏学生'其实并不坏,他们只是功课不好罢了,你不喜欢人家把学生分成两种,你不喜欢在同一个班上有这样的歧视,对不对?"

"答对了!"她脸上掠过被了解的惊喜,以及好心意被窥知的羞赧,语音未落,人已跑跑跳跳到数丈以外去了,毕竟,她仍是个孩子啊!

那天,我正在打长途电话,她匆匆递给我一首诗:

"我在作文课上随便写的啦!"

我停下话题，对女伴说：

"我女儿刚送来一首诗，我念给你听，题目是'妈妈的手'：

婴孩时——

妈妈的手是冲牛奶的健将，

我总喊："奶，奶。"

少年时——

妈妈的手是制便当的巧手，

我总喊：

"妈，中午的饭盒带什么？"

青年时——

妈妈的手是找东西的魔术师，

我总喊："妈，我东西不见啦！"

新娘时——

妈妈的手是奇妙的化妆师，

我总喊："妈，帮我搽口红。"

中年时——

妈妈的手是轻松的手，

我总喊："妈，您不要太累了！"

老年时——

妈妈的手是我思想的对象，

我总喊：

"谢谢妈妈那双大而平凡的手。"

然后，我的手也将成为另一个孩子思想的对象。

念着念着，只觉哽咽，母女一场，因缘也只在五十年内吧！其间并无可以书之于史，勒之于铭的大事，只是细细琐琐的俗事俗务。但是，俗事也是可以入诗的，俗务也是可以萦人心胸，久而芬芳的。

世路险巇，人生实难，安家置产，也无非等于衔草于老树之巅，结巢于风雨之际。如果真有可得意的，大概止于看见小儿女的成长如小雏鸟张目振翅，渐渐地能跟我们一起盘桓上下，并且渐渐地既能出入青云，亦能纵身人世。所谓得意事，大约如此吧！

辑三 不识

我交给你们一个孩子

> 当我把我的孩子交出来,当他向这世界求知若渴,世界啊,你给他的会是什么呢?

小男孩走出大门,返身向四楼阳台上的我招手,说:"再见!"那是好多年前的事了,那个早晨是他开始上小学的第二天。

我其实仍然可以像昨天一样,再陪他一次,但我却狠下心来,看他自己单独去了。他有属于他的一生,是我不能相陪的,母子一场,只能看作一把借来的琴弦,能弹多久,便弹多久,但借来的岁月毕竟是有其归还期限的。

他欢然地走出长巷,很听话地既不跑也不跳,一副循规蹈矩的模样。我一个人怔怔地望着巷子下细细的朝阳而落泪。

想大声地告诉全城市,今天早晨,我交给你们一个小男孩,他还不知恐惧为何物,我却是知道的,我开始恐惧自己有没有交错?

我把他交给马路,我要他遵守规矩沿着人行道而行,但是,匆匆的路人啊，你们能够小心一点吗？不要撞倒我的孩子，我把我的至爱交给了纵横的道路，容许我看见他平平安安地回来。

我不曾搬迁户口，我们不要越区就读，我们让孩子读本区内的小学而不是某些私立明星小学，我努力去信任自己的教育当局，而且，是以自己的儿女为赌注来信任———但是，学校啊，当我把我的孩子交给你，你保证给他怎样的教育？今天清晨，我交给你一个欢欣诚实又颖悟的小男孩，多年以后，你将还我一个怎样的青年？

他开始识字，开始读书，当然，他也要读报纸、听音乐或看电视、电影，古往今来的撰述者啊，各种方式的知识传递者啊，我的孩子会因你们得到什么呢？你们将饮之以琼浆，灌之以醍醐，还是哺之以糟粕？他会因而变得正直、忠信，还是学会奸滑、诡诈？当我把我的孩子交出来，当他向这世界求知若渴，世界啊，你给他的会是什么呢？

世界啊，今天早晨，我，一个母亲，向你交出她可爱的小男孩，而你们将还我一个怎样的呢？！

遇见

那颗种子曾遇见了一片土地,在一个过客的心之峡谷里,蔚然成荫,教会她,怎样敬畏生命。

一个久晦后的五月清晨,四岁的小女儿忽然尖叫起来。

"妈妈!妈妈!快点来呀!"

我从床上跳起,直奔她的卧室,她已坐起身来,一语不发地望着我,脸上浮起一层神秘诡异的笑容。

"什么事?"

她不说话。

"到底是什么事?"

她用一只肥匀的有着小肉窝的小手,指着窗外,而窗外什么也没有,除了另一座公寓的灰壁。

"到底什么事?"

她仍然秘而不宣地微笑,然后悄悄地透露一个字。

"天！"

我顺着她的手望过去，果真看到那片蓝过千古而仍然年轻的蓝天，一尘不染令人惊呼的蓝天，一个小女孩在生字本上早已认识却在此刻仍然不觉吓了一跳的蓝天，我也一时愣住了。

于是，我安静地坐在她的旁边，两个人一起看那神迹似的晴空，平常是一个聒噪的小女孩，那天竟也像被震慑住了似的，流露出虔诚的沉默。透过惊讶和几乎不能置信的喜悦，她遇见了天空。她的眸光自小窗口出发，响亮的天蓝从那一端出发，在那个美丽的五月清晨，它们彼此相遇了。那一刻真是神圣，我握着她的小手，感觉到她不再只是从笔画结构上认识"天"，她正在惊讶赞叹中体认了那份宽阔、那份坦荡、那份深邃——她面对面地遇见了蓝天，她长大了。

那是一个夏天的长得不能再长的下午，在印第安纳州的一个湖边，我起先是不经意地坐着看书，忽然发现湖边有几棵树正在飘散一些白色的纤维，大团大团的，像棉花似的，有些飘到草地上，有些飘入湖水里，我仍然没有十分注意，只当偶然风起所带来的。

可是，渐渐地，我发现情况简直令人暗惊，好几个小时过去了，那些树仍旧浑然不觉地在飘送那些小型的云朵，倒好像是一座无限的云库似的。整个下午，整个晚上，漫天漫地都是那种东西，第二天情形完全一样，我感到诧异和震撼。

其实，小学的时候就知道有一类种子是靠风力靠纤维播送的，但也只是知道一条测验题的答案而已。那几天真的看到了，满心所感到的是一种折服，一种无以名之的敬畏，我几乎是第一次遇见生命——虽然是植物的。

我感到那云状的种子在我心底强烈地碰撞上什么东西，我不能不被生命豪华的、奢侈的、不计成本的投资所感动。也许在不分昼夜的飘散之余，只有一颗种子足以成树，但造物者乐于做这样惊心动魄的壮举。

我至今仍然常在沉思之际想起那一片柔媚的湖水，不知湖畔那群种子中有哪一颗种子成了小树，至少我知道有一颗已经长成，那颗种子曾遇见了一片土地，在一个过客的心之峡谷里，蔚然成荫，教会她，怎样敬畏生命。

辑三 不识

给我一个解释

> 给我一个解释,我就可以再相信一次人世,我就可以接纳历史,我就可以义无反顾地拥抱这荒凉的城市。

(一)

后来,就再也没有见过那么美丽的石榴。石榴装在麻包里,由乡下亲戚扛了来。石榴在桌上滚落出来,浑圆艳红,微微有些霜溜过的老涩,轻轻一碰就要爆裂。爆裂以后则恍如什么大盗的私囊,里面紧紧裹着密密实实的、闪烁生光的珠宝粒子。

那时我五岁,住南京,那石榴对我而言是故乡徐州的颜色,一生一世不能忘记。

和石榴一样难忘的是乡亲讲的一个故事,那人口才似乎不好,但故事却令人难忘:

"从前,有对兄弟,哥哥老是会说大话,说多了,也没人肯信了,但他兄弟人好，老是替哥哥打圆场。有一次，他说：'你们大概从来没有看过刮这么大的风——把我家的井都刮到篱笆外头去啦！'大家不信，弟弟说：'不错，风真的很大，但不是把井刮到篱笆外头去了，是把篱笆刮到井里头来！'"

我偏着小头，听这离奇的兄弟，自己也不知道自己被什么所感动。只觉得心头沉甸甸的，跟装满美丽石榴的麻包似的，竟怎么也忘不了那故事里活龙活现的两兄弟。

四十年来家国，八千里地山河，那故事一直尾随我，连同那美丽如神话如魔术的石榴，全是我童年时代好得介乎虚实之间的东西。

四十年后，我才知道，当年感动我的是什么——是那弟弟娓娓的解释，那言语间有委屈、有温柔、有慈怜和悲悯。或者，照儒者的说法，是有恕道。

长大以后，又听到另一个故事，讲的是几个人在联句（或谓其中主角乃清代画家金冬心），为了凑韵脚，有人居然冒出一句："飞来柳絮片片红"的句子。大家面面相觑，不知此人为何如此没常识，天下柳絮当然都是白的，但"白"不押韵，奈何？解围的才子出面了，他为那人在前面凑加了一句，"夕阳返照桃花渡"，那柳絮便立刻红得有道理了。我每想及这样的诗境，便不觉为其中的美感瞠目结舌。三月天，桃花渡口红霞烈山，一时天地皆朱，不知情的柳絮一头栽进去，当然也活该要跟万物红成一气。这样动人的句子，叫人不禁要俯身自视，怕自己也正站在夹岸桃花的落日夕照之间，怕自己的衣襟也不免沾上一片酒红。《圣经》上说："爱心能遮过错。"在我看来，因爱而生的解释才能把事情美满化解。所谓化解不是没有是非，而是超越是非。就算有过错也因那善意的解释如明矾入井，遂令浊物沉淀，水质复归澄莹。

女儿天性浑厚，有一次，小学年纪的她对我说："你每次说五点回家，就会六点回来，说九点回家，结果就会十点回来——我后来想通了，原来你说的是出发的时间，路上一小时你忘了加进去。"

我听了，不知该说什么。我回家晚，并不是忘了计算路上的时间，而是因为我生性贪溺，贪读一页书、贪写一段文字、贪一段山色……而小女孩说得如此宽厚，简直是鲍叔牙。二千多年前的鲍叔牙似乎早已拿定主意，无论如何总要把管仲说成好人。两人合伙做生意，管仲多取利润，鲍叔牙说："他不是贪心——是因为他家穷。"管仲三次做官都给人辞了。鲍叔牙说："他不是不长进，是他一时运气不好。"管仲打三次仗，每次都败亡逃走，鲍叔牙说："不要骂他胆小鬼，他是因为家有老母。"鲍叔牙赢了，对于一个永远有本事把你解释成圣人的人，你只好自肃自策，把自己真的变成圣人。

辑三 不识

（二）

"述而不作"，少年时代不明白孔子何以要作这种没有才气的选择，我却希望作而不述。但岁月流转，我终于明白，述，就是去悲悯、去认同、去解释。有了好的解释，宇宙为之端正，万物由而含情。一部希腊神话用丰富的想象解释了天地四时和风霜雨露。譬如说朝露，是某位希腊女神的清泪。月桂树，则被解释为阿波罗钟情的女子。

农神的女儿成了地府之神的妻子，天神宙斯裁定她每年可以回娘家六个月。女儿归宁，母亲大悦，土地便春回。女儿一回夫家，立刻草木摇落众芳歇，农神的恩宠也翻脸无情——季节就是这样来的。

而莫考来是平原女神和宙斯的儿子，是风神，他出世第一天便跑到阿波罗的牧场去偷了两条牛来吃（我们中国人叫"白云苍狗"，在希腊人却成了"白云肥牛"）——风神偷牛其实解释了白云经风一吹，便消失无踪的神秘诡异。

神话至少有一半是拿来解释宇宙大化和草木虫鱼的吧？如果人类不是那么偏爱解释，也许根本就不会产生神话。

而在中国，共工与颛顼争帝，怒而触不周之山，在一番"折天柱、绝地维"之后，（是回忆古代的一次大地震吗？）发生了"天倾西北，地陷东南"的局面。天倾西北，所以星星多半滑到那里去了，地陷东南，所以长江黄河便一路向东入海。

而埃及的沙碛上，至今屹立着人面狮身的巨像，中国早期的西王母则"其状如人，豹尾、虎齿，穴处"。女娲也不免"人面蛇身"。这些传说解释起来都透露出人类小小的悲伤，大约古人对自己的"头部"是满意的，至于这副躯体，他们却多少感到自卑。于是最早的器官移植便完成了，他们反人头下面接了狮子、老虎或蛇鸟什么的。说这些故事的人恐怕是第一批同时为人类的极限自悼，而又为人类的敏慧自豪的人吧？

而钱塘江的狂涛，据说只由于伍子胥那千年难平的憾恨。雅致的斑竹，全是妻子哭亡夫洒下的泪水……

解释，这件事真令我入迷。

（三）

有一次，走在大英博物馆里看东西，而这大英博物馆，由于是大英帝国全盛时期搜刮来的，几乎无所不藏。书画古玩固然多，连木乃伊也列成军队一般，供人检阅。木乃伊还好，毕竟是密封的，不料走着走着，居然看到一具枯尸，赫然趴在玻璃橱里。浅色的头发，仍连着头皮，头皮绽处，露出白得无辜的头骨。这人还有个奇异的外号叫"姜"，大概兼指他姜黄的肤色，和干皱如姜块的形貌吧！

这人当时是采西亚一带的砂葬，热砂和大漠阳光把他封存了四千年，他便如此简单明了地完成了不朽，不必借助事前的金缕玉衣，也不必事后塑起金身——这具尸体，他只是安静地趴在那里，便已不朽，真不可思议。

但对于这具尸体的"屈身葬"，身为汉人，却不免有几分想不通。对于汉人来说，"两腿一伸"就是死亡的代用语，死了，当然得直挺挺地躺着才对。及至回国，偶然翻阅一篇人类学的文章，内中提到屈身葬。那段解释不知为何令人落泪，文章里说："有些民族所以采用屈身葬，是因为他们认为死亡而埋入土里，恰如婴儿重归母胎，胎儿既然在子宫中是屈身，人死入土亦当屈身。"我于是想起大英博物馆中那不知名的西亚男子，我想起在兰屿雅美人的葬地里一代代的死者，啊——原来他们都在回归母体。我想起我自己，睡觉时也偏爱"睡如弓"的姿势，冬夜里，尤其喜欢蜷曲如一只虾米的安全感。多亏那篇文章的一番解释，这以后我再看到屈身葬的民族，不会觉得他们"死得离奇"，反而觉得无限亲切——只因他们比我们更像大地慈母的孩子。

（四）

神话退位以后，科学所做的事仍然还是不断的解释。何以有四季？他们说，因为地球的轴心跟太阳成23度半的倾斜，原来地球恰似一侧媚的女子，绝不肯直瞪着看太阳，她只用眼角余光斜斜一扫，便享尽太阳的恩宠。何以有天际彩虹，只因为有万千雨珠一一折射了日头的光彩，至于潮汐呢？那是月亮一次次致命的骚扰所引起的亢奋和萎顿。还有甜沁的母乳为什么那么准确无误地随着婴儿出世而开始分泌呢（无论孩子多么早产或晚产）？那是落盘以后，自有讯号传回，通知乳腺开始泌乳……科学其实只是一个执拗的孩子，对每一件事物好奇，并且不管死活地一路追问下去……每一项科学提出的答案，我都觉得应该洗手焚香，才能翻开阅读，其间吉光片羽，都是天机乍泄。科学提供宇宙间一切天工的高度业务机密，这机密本不该让我们凡夫俗子窥视知晓，所以我每聆到一则生物的或生理的科学知识，总觉得敬惧凛栗，心悦诚服。

诗人的角色，每每也负责作"歪打正着"式的解释，"何处合成愁？"宋朝的吴文英作了成分分析后，宣称那是来自"离人心上秋"。东坡也提过"春色三分，二分尘土，一分流水"的解释，说得简直跟数学一样精准。那无可奈何的落花，三分之二归回了大地，三分之一逐水而去。元人小令为某个不爱写信的男子的辩解也煞为有趣："不是不相思，不是无才思，绕清江，买不得天样纸。"这寥寥几句，已足令人心醉，试想那人之所以尚未修书，只因觉得必须买到一张跟天一样大的纸才够写他的无限情肠啊！

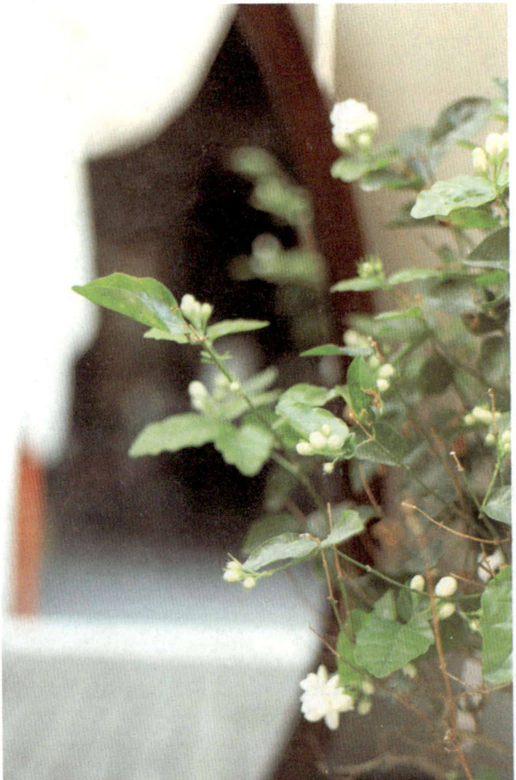

（五）

除了神话和诗，红尘素居，诸事碌碌中，更不免需要一番解释了，记得多年前，有次请人到家里屋顶阳台上种一棵树兰，并且事先说好了，不活包退费的。我付了钱，小小的树兰便栽在花圃正中间。一个礼拜后，它却死了。我对阳台上一片芬芳的期待算是彻底破灭了。

我去找那花匠，他到现场验了树尸，我向他保证自己浇的水既不多也不少，绝对不敢造次。他对着夭折的树苗偏着头呆看了半天，语调悲伤地说：

"可是，太太，它是一棵树啊！树为什么会死，理由多得很呢——譬如说，它原来是朝这方向种的，你把它拔起来，转了一个方向再种，它可能就要死！这有什么办法呢？"

他的话不知触动了我什么，我竟放弃退费的约定，一言不发地让他走了。

大约，忽然之间，他的解释让我同意，树也是一种自主的生命，它可以同时拥有活下去以及不要活下去的权利，虽然也许只是调了一个方向，但它就是无法活下去，不是有的人也是如此吗？我们可以到工厂里去订购一定容量的瓶子，一定尺码的衬衫，生命却不容你如此订购的啊！

以后，每次走过别人墙头冒出来的，花香如沸的树兰，微微的失望里我总想起那花匠悲冷的声音。我想我总是肯同意别人的——只要给我一个好解释。

至于孩子小的时候，做母亲的糊里糊涂地便已就任了"解释者"的职位。记得小男孩初入幼稚园，穿着粉红色的小围兜来问我，为什么他的围兜是这种颜色。我说："因为你们正像玫瑰花瓣一样可爱呀！""那中班为什么穿蓝兜？""蓝色是天空的颜色，蓝色又高又亮啊！""白围兜呢？大班穿白围兜。""白，就像天上的白云，是很干净很纯洁的意思。"他忽然开心地笑了，表情竟是惊喜，似乎没料到小小围兜里居然藏着那么多的神秘。我也吓了一跳，原来孩子要的只是那么少，只要一番小小的道理，就算信口说的，就够他着迷好几个月了。

十几年过去了，午夜灯下，那小男孩用当年玩积木的手在探索分子的结构。黑白小球结成奇异诡秘的勾连，像一扎紧紧的玫瑰花束，又像一篇布局繁复却条理井然无懈可击的小说。

"这是正十二面烷。"他说，我惊讶这模拟的小球竟如此匀称优雅，黑球代表碳、白球代表氢，二者的盈虚消长便也算物华天宝了。

"这是赫素烯。"

"这是……"

我满心感激，上天何其厚我，那个曾要求我把整个世界一一解释给他听的小男孩，现在居然用他化学方面的专业知识向我解释我所不了解的另一个世界。

如果有一天，我因生命衰竭而向上天祈求一两年额外加签的岁月，其目的无非是让我回首再看一看这可惊可叹的山川和人世。能多看它们一眼，便能多用悲壮的、虽注定失败却仍不肯放弃的努力再解释它们一次。并且也欣喜地看到人如何用智慧、用言词、用弦管、用丹青、用静穆、用爱，一一对这世界作其圆融的解释。

是的，物理学家可以说，给我一个支点，给我一根杠杆，我就可以把地球举起来——而我说，给我一个解释，我就可以再相信一次人世，我就可以接纳历史，我就可以义无反顾地拥抱这荒凉的城市。

不识

> 蒲公英的散蓬能叙述花托吗？不，它只知道自己在一阵风后身不由己地和花托相失相散了，它只记得叶嫩花初之际，被轻轻托住的安全的感觉。

父母能赐你以相似的骨肉与血脉，却从不与你一颗真正解读他们的心。

家人至亲，我们自以为极亲极爱了解的，其实我们所知道的也只是肤表的事件而不是刻骨的感觉。

父亲的追思会上，我问弟弟："追诉平生，就由你来吧，你是儿子。"

弟弟沉吟了一下，说："我可以，不过我觉得你知道的事情更多些，有些事情，我们小的没赶上。"

然而，我真的知道父亲吗？我们曾认识过父亲吗？我愕然不知怎么回答。

"小的时候，家里穷，除了过年，平时都没有肉吃，如果有客人来,就去熟肉铺子切一点肉,偶尔有个挑担子卖花生米小鱼的人经过,我们小孩子就跟着那个人走。没的吃,看看也是好的,我们就这样跟着跟着,一直走,都走到隔壁庄子去了,就是舍不得回头。"

那是我所知道的,他最早的童年故事。我有时忍不住,想掏把钱塞给那九十年前的馋嘴小男孩,想买一把花生米小鱼填填他的嘴⋯⋯

我问我自己,你真的了解那小男孩吗?还是你只不过在听故事?如果你不曾穷过饿过,那小男孩巴巴的眼神你又怎么读得懂呢?

读完徐州城里的第七师范的附小,他打算读第七师范,家人带他去见一位堂叔,目的是借钱。

堂叔站起身来,从一把旧铜壶里掏出二十一块银元。

堂叔的那二十一块银元改变了父亲的一生。

我很想追上前去看一看那堂叔看着他的怜爱的眼神。他必是族人中最聪明的孩子,堂叔才慨然答应借钱的吧!听说小学时代,他每天上学都不从市内走路,嫌人车杂沓。他宁可绕着古城周围的城墙走,他一面走,一面大声背书。那意气飞扬的男孩,天下好像没有可以难倒他的事。

然而,我真认识那孩子吗?那个捧着二十一块银元来向这个世界打天下的孩子。我平生读书不过只求缘尽兴而已,我大概不能懂

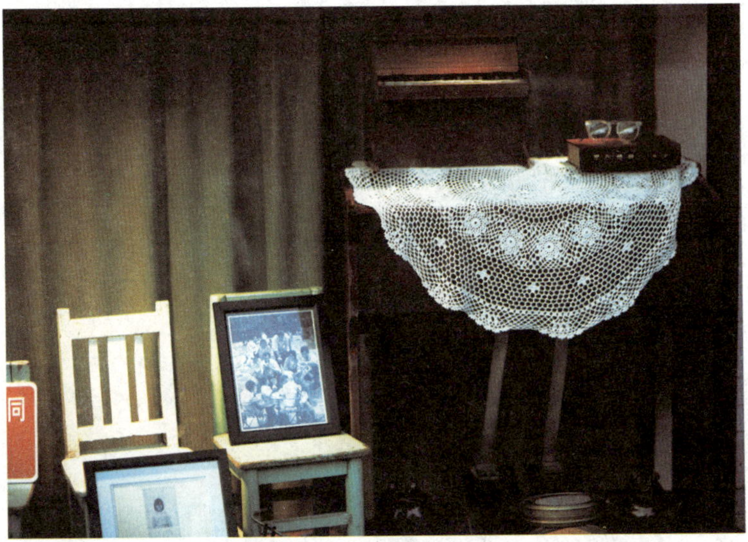

得那一心苦读求上进的人,那孩子,我不能算是深识他。

"台湾出的东西,就是没老家的好!"父亲总爱这么感叹。

我有点反感,他为什么一定要坚持老家的东西比这里好呢?他离开老家都已经这么多年了。

"老家没有的就不说了,咱说有的,譬如这香椿。"他指着院子里的香椿树,台湾的,"长这么细细小小一株。在我们老家,那可是和榕树一样的大树咧!而且台湾是热带,一年到头都能长新芽,那芽也就不嫩了。在我们老家,只有春天才冒得出新芽来,忽然一下,所有的嫩芽全冒出来了,又厚又多汁,大人小孩全来采呀,采下来用盐一揉,放在格架上晾,那架子上腌出来的卤汁就呼噜——呼噜——地一直流,下面就用盆接着,那卤汁下起面来,那个香呀——"

我吃过韩国进口的盐腌香椿芽,从它的形貌看来,揣想它未腌之前一定也极肥厚,故乡的香椿芽想来也是如此。但父亲形容香椿在腌制的过程中竟会"呼噜——呼噜——"流汁,我被他言语中的象声词所惊动,那香椿树竟在我心里成为一座地标,我每次都循着那株香椿树去寻找父亲的故乡。

但我真的明白那棵树吗?

父亲晚年,我推轮椅带他上南京中山陵,只因他曾跟我说过:"总理下葬的时候,我是军校学生,上面在我们中间选了些人去抬棺材,我被选上了……"

他对总理一心崇敬——这一点,恐怕我也无法十分了然。我当然也同意孙中山是可敬佩的,但恐怕未必那么百分之百的心悦诚服。

"我们,那个时候……读了总理的书……觉得他讲的才是真有道理……"

能有一人令你死心塌地,生死追随,父亲应该是幸福的——而这种幸福,我并不能体会。

年轻时的父亲,又一次去打猎。一枪射出,一只小鸟应声而落,他捡起一看,小鸟已肚破肠流,他手里提着那温暖的肉体,看着那腹腔之内一一俱全的五脏,忽然决定终其一生不再射猎。

父亲在同事间并不是一个好相处的人,听母亲说有人给他起个外号叫"杠子手",意思是耿直不圆转,他听了也不气,只笑笑说"山难改,性难移",从来不屑于改正。然而在那个清晨,在树林里,对一只小鸟,他却生慈柔之心,誓言从此不射猎。

父亲的性格如铁如砧,却也如风如水——我何尝真正了解过他?

《红楼梦》第一百二十回,贾政眼看着光头赤脚身披红斗篷的宝玉向他拜了四拜,转身而去,消失在茫茫雪原里,说:

"竟哄了老太太十九年,如今叫我才明白——"

贾府上下数百人,谁又曾明白宝玉呢?家人之间,亦未必真能互相解读吧?

我于我父亲,想来也是如此无知无识。他的悲喜、他的起落、他的得意与哀伤、他的憾恨与自足,我哪能都能一一探知、一一感同身受呢?

蒲公英的散蓬能叙述花托吗?不,它只知道自己在一阵风后身不由己地和花托相失相散了,它只记得叶嫩花初之际,被轻轻托住的安全的感觉。它只知道,后来,就一切都散了,胜利的也许是生命本身,草原上的某处,会有新的蒲公英冒出来。

我终于明白,我还是不能明白父亲。至亲如父女,也只能如此。

我觉得痛,却亦转觉释然,为我本来就无能认识的生命,为我本来就无能认识的死亡,以及不曾真正认识的父亲。原来没有谁可以彻骨认识谁,原来,我也只是如此无知无识。

母亲的羽衣

> 而有一天,她的羽衣不见了,她换上了人间的粗布——她已经决定做一个母亲。

讲完了牛郎织女的故事,细看儿子已经垂睫睡去,女儿却犹自瞪着红红的眼睛。

忽然,她一把抱紧我的脖子把我赘得发疼:"妈妈,你说,你是不是仙女变的?"

我一时愣住,只胡乱应道:"你说呢?"

"你说,你说,你一定要说!"她固执地扳住我不放。"你到底是不是仙女变的?"

我是不是仙女变的?——哪一个母亲不是仙女变的?

像故事中的小织女,每一个女孩都曾住在星河之畔,她们织虹纺霓,藏云捉月,她们几曾烦心挂虑?她们是天神最偏怜的小女儿,她们终日临水自照,惊讶于自己美丽的羽衣和美丽的肌肤,她们久久凝注着自己的青春,被那份光华弄得痴然如醉。

而有一天,她的羽衣不见了,她换上了人间的粗布——她已经决定做一个母亲。有人说她的羽衣被锁在箱子里,她再也不能飞翔了。人们还说,是她丈夫锁上的,钥匙藏在极秘密的地方。

可是,所有的母亲都明白那仙女根本就知道箱子在那里,她也知道藏钥匙的所在,在某个无人的时候,她甚至会惆怅地开启箱子,用忧伤的目光抚摸那些柔软的羽毛,她知道,只要羽衣一着身,她就会重新回到云端,可是她把柔软白亮的羽毛拍了又拍,仍然无声无息地关上箱子,藏好钥匙。

是她自己锁住那身昔日的羽衣的。

她不能飞了,因为她已不忍飞去。

而狡黠的小女儿总是偷窥到那藏在母亲眼中的秘密。

许多年前,那时我自己还是小女孩,我总是惊奇地窥伺着母亲。

她在口琴背上刻了小小的两个字——"静鸥",那里面有什么故事吗?那不是母亲的名字,却是母亲名字的谐音,她也曾梦想过自己是一只静栖的海鸥吗?她不怎么会吹口琴,我甚至想不起她吹过什么好听的歌,但那名字对我而言是母亲神秘的羽衣,她轻轻写那两个字的时候,她可以立刻变了一个人,她在那名字里是另外一个我所不认识的有翅的什么。

母亲晒箱子的时候是她另外一种异常的时刻,母亲似乎有些好些东西,完全不是拿来用的,只为放在箱底,按时年年在三伏天取出来暴晒。

记忆中母亲晒箱子的时候就是我兴奋欲狂的时候。

母亲晒些什么?我已不记得,记得的是樟木箱子又深又沉,像一个混沌黝黑初生的宇宙,另外还记得的是阳光下竹竿上富丽夺人的颜色,以及怪异却又严肃的樟脑味,以及我在母亲喝禁声中东摸摸西探探的快乐。

我唯一真正记得的一件东西是幅漂亮的湘绣被面,雪白的缎子上,绣着兔子和翠绿的小白菜,和红艳欲滴的小杨花萝卜,全幅上还绣了许多别的令人惊讶赞叹的东西,母亲一边整理,一面会忽然回过头来说:"别碰、别碰,等你结婚就送给你。"

我小的时候好想结婚,当然也有点害怕,不知为什么,仿佛所有的好东西都是等结了婚就自然是我的了,我觉得一下子有那么多好东西也是怪可怕的事。

那幅湘绣后来好像不知怎么就消失了,我也没有细问。对我而言,那么美丽得不近真实的东西,一旦消失,是一件合理得不能再合理的事。譬如初春的桃花,深秋的枫红,在我看来都是美丽得违了规的东西,是茫茫大化一时的错误,才胡乱把那么多的美推到一种东西上去,桃花理该一夜消失的,不然岂不教世人都疯了?

湘绣的消失对我而言简直就是复归大化了。

辑三　不识

但不能忘记的是母亲打开箱子时那份欣悦自足的表情,她慢慢地看着那幅湘绣,那时我觉得她忽然不属于周遭的世界,那时候她会忘记晚饭,忘记我扎辫子的红绒绳。她的姿势细想起来,实在是仙女依恋地轻抚着羽衣的姿势,那里有一个前世的记忆,她又快乐又悲哀地将之一一拾起,但是她也知道,她再也不会去拾起往昔了——唯其不会重拾,所以回顾的一刹那更特别的深情凝重。

除了晒箱子,母亲最爱回顾的是早逝的外公对她的宠爱,有时她胃痛,卧在床上,要我把头枕在她的胃上,她慢慢地说起外公。外公似乎很舍得花钱(当然也因为有钱),总是带她上街去吃点心,她总是告诉我当年的肴肉和汤包怎么好吃,甚至煎得两面黄的炒面和女生宿舍里早晨订的冰糖豆浆(母亲总是强调"冰糖"豆浆,因为那是比"砂糖"豆浆更为高贵的)都是超乎我想象力之外的美味。

我每听她说那些事的时候,都惊讶万分——我无论如何不能把那些事和母亲联想在一起,我从有记忆起,母亲就是一个吃剩菜的角色,红烧肉和新炒的蔬菜简直就是理所当然地放在父亲面前的,她自己的面前永远是一盘杂拼的剩菜和一碗"擦锅饭"(擦锅饭就是把剩饭在炒完菜的剩锅中一炒,把锅中的菜汁都擦干净了的那种饭),我简直想不出她不吃剩菜的时候是什么样子。

而母亲口里的外公,上海、南京、汤包、肴肉全是仙境里的东西,母亲每讲起那些事,总有无限的温柔,她既不感伤,也不怨叹,只是那样平静地说着。她并不要把那个世界拉回来,我一直都知道这一点,我很安心,我知道下一顿饭她仍然会坐在老地方吃那盘我们大家都不爱吃的剩菜。而到夜晚,她会照例一个门一个窗地去检点去上闩。她一直都负责把自己牢锁在这个家里。

哪一个母亲不曾是穿着羽衣的仙女呢?只是她藏好了那件衣服,然后用最黯淡的一件粗布把自己掩藏了,我们有时以为她一直就是那样的。

而此刻,那刚听完故事的小女儿鬼鬼地在窥伺着什么?

她那么小,她何由得知?她是看多了卡通,听多了故事吧?她也发现了什么吗?

是在我的集邮本偶然被儿子翻出来的那一刹那吗?是在我拣出石涛画册或汉碑并一页页细味的那一刻吗?是在我猛然回首听他们弹一阕熟悉的钢琴练习曲的时候吗?抑是在我带他们走过年年的春光,不自主地驻足在杜鹃花旁或流苏树下的一瞬间吗?

或是在我动容地托住父亲的勋章或童年珍藏的北平画片的时候,或是在我翻拣夹在大字典里的干叶之际,或是在我轻声地教他们背一首唐诗的时候……

是有什么语言自我眼中流出呢?是有什么音乐自我腕底泻过吗?为什么那小女孩会问道:"妈妈,你是不是仙女变的呀?"

我不是一个和千万母亲一样安分的母亲吗?我不是把属于女孩

的羽衣收招得极为秘密吗?我在什么时候泄漏了自己呢?

在我的书桌底下放着一个被人弃置的木质砧板,我一直想把它挂起来当一幅画,那真该是一幅庄严的,那样承受过万万千千生活的刀痕和凿印的,但不知为什么,我一直也没有把它挂出来……

天下的母亲不都是那样平凡不起眼的一块砧板吗?不都是那样柔顺地接纳了无数尖锐的割伤却默无一语的砧板吗?

而那小女孩,是凭什么神秘的直觉,竟然会问我:

"妈妈?你到底是不是仙女变的?"

我掰开她的小手,救出我被吊得酸麻的脖子,我想对她说:"是的,妈妈曾经是一个仙女,在她做小女孩的时候,但现在,她不是了,你才是,你才是一个小小的仙女!"

但我凝注着她晶亮的眼睛,只简单地说了一句:"不是,妈妈不是仙女,你快睡觉。"

"真的?"

"真的!"

她听话地闭上了眼睛,旋又不放心睁开。

"如果你是仙女,也要教我仙法哦!"

我笑而不答,替她把被子掖好,她兴奋地转动着眼珠,不知在想什么。

然后,她睡着了。

故事中的仙女既然找回了羽衣,大约也回到云间去睡了。

风睡了,鸟睡了,连夜也睡了。

我守在两张小床之间,久久凝视着他们的睡容。

绿色的书简

我且托绿衣人为我带去这封信,等傍晚你们放学回家,它便躺在你们的书桌上。

梅梅、素素、圆圆、满满、小弟和小妹:

当我一口气写完了你们六个名字,我的心中开始有着异样的感动,这种心情恐怕很少有人会体会的,除非这人也是五个妹妹和一个弟弟的姐姐,除非这人的弟妹也像你们一样惹人恼又惹人爱。

此刻正是清晨,想你们也都起身了吧?真想看看你们睁开眼睛时的样子呢:六个人,刚好有一打亮而圆的紫葡萄眼珠儿,想想看,该有多可爱——十二颗滴溜溜的葡萄珠子围着餐桌,转动着,闪耀着,真是一宗可观的财富啊!

现在,太阳升上来,雾渐渐散去,原野上一片渥绿,看起来绵软软地,让我觉得即使我不小心,从这山上摔了下去,也不会擦伤一块皮的,顶多被弹两下,沾上一袜子洗不掉的绿罢了。还有那条绕着山脚的小河,也泛出绿色,那是另外一种绿,明晃晃的,像是挽了油似的,至于山,仍是绿色,却是一堆浓郁郁的黛绿,让人觉得,无论从哪里下手,都不能拨开一道缝儿的,让人觉得,即使刨开它两层下来,它的绿仍然不会减色的。此外,我的纱窗也是绿的,极浅极浅的绿,被太阳一照,当真就像古美人的纱裙一样飘渺了。你们想,我在这样一个染满了绿意的早晨和你们写信,我的心里又焉能不充溢着生气勃勃的绿呢?

这些年来我很少和你们写信,每次想起来心中总觉得很愧疚,其实我何尝忘记过你们呢?每天晚上,当我默默地说:"求全能的天父看顾我的弟弟妹妹。"我的心情总是激动的,而你们六张小脸便很自然地浮现在我脑中,每当此际,我要待好一会儿才能继续说下去。我常想要告诉你们,我是何等喜欢你们,尽管我们拌过嘴,打过架,赌咒发誓不跟对方说话,但如今我长大了,我便明白,我们原是一块珍贵的绿宝石,被一双神奇的手凿成了精巧的七颗,又系成一串儿。弟弟妹妹们,我们真该常常记得,我们是不能分割的一串儿!

前些日子我曾给妈妈寄了一张毕业照去,不知道你们看到没有,我想你们对那顶方帽子都很感兴趣吧?我却记得,当我在照相馆中换上了那套学士服的时候,眼眶中竟充满了泪水。我常想,奋斗四年，得到一个学位，混四年何尝不也得一个学位呢？所不同的，大概唯有冠上那顶帽子时内心的感受吧！我记得那天我曾在更衣镜前痴立了许久，我想起了我们的祖父，他赶上一个科举甫废的年代，什么功名也没有取得；我也想起了我们的父亲，他是个半生戎马的军人，当然也就没有学位可谈了。则我何幸成为这家族中的第一个获得学士学位的人？这又岂是我一人之功，生长于这种乱世，而竟能在免于冻馁之外，加上进德修业的机会，上天何其钟爱我！

我不希望是我们家仅有的一顶方帽子，我盼望你们也能去争取它。真盼望将来有一天，我们老了，大家把自己的帽子和自己的儿孙的帽子都陈设出来，足足地堆上一间屋子。（记得吗？"一屋子"是我们形容数目的最高级形容词，有时候，一千一万一亿都及不上它的。）

在那顶帽子之下，你们可以看到我新剪的短发，那天为了照相，勉强修饰了一下，有时候，实在是不像样，我却爱引用肯尼迪总统在别人攻击他头发时所说的一句话，他说："我相信所有治理国家的东西，是长在头皮下面，而不是上面。"为了这句话，我就愈发忘形了，无论是哪一种发式，我很少把它弄得服帖过，但我希望你们不要学我，尤其是妹妹们，更应该时常修饰得整整齐齐，妇容和妇德是同样值得重视的。

当然，你们也会看到在头发下面的那双眼，尽管它并不晶莹

辑三　不识

美丽，像小说上所形容的，但你们可曾在其中发现一丝的昏暗和失望吗？没有，你们的姐姐虽然离开家，到一个遥远的陌生地去求学，但她从来没有让目光下垂过，让脚步颓唐过，她从来不沮丧，也不灰心，你们都该学她，把眼睛向前看，向好无比远大的前程望去。

你们还看见什么呢？看到那件半露在学生服外的新旗袍了吧？你们同学的姐姐可能也有一件这样的白旗袍，但你们可以骄傲，因为你们姐姐的这件和她们或有所不同，因为我是用脑和手去赚得的，不久以后你们会发现，一个人靠努力赚得自己的衣食，是多么快乐而又多么骄傲的一件事。

最后，你们必定会注意到那件披在外面，宽大而严肃的学士服，爱穿新衣服的小妹也许很想试试吧？其实这衣服并不好看，就如获得它的过程并不平顺一样，人生中有很多东西都是这样的。美丽耀眼的东西在生活中并不多见，而获得任何东西的过程，却没有不艰辛的。

我费了这些笔墨，我所想告诉你们的岂是一张小照吗？我何等渴望让你们了解我所了解的，付上我所付上的，得着我所得着的，我何等地企望，你们都能赶上我，并且超越我！

梅梅也许是第一个步上这条路的，因为你即将高中毕业了，我希望你在最后两个月中发奋读点书，我一向认为你是很聪明的，也许是因为聪明的缘故,你对教科书丝毫不感兴趣。其实以往我何尝甘心读书,我是宁愿到校园中去统计每一朵玫瑰花儿的瓣儿,也不屑去作代数习题的。但是,妹妹,无论如何,我们不能勉强每一件事都如我们的意,我们固然应该学我们所爱好的东西,却也没有理由摒弃我们所不感兴趣的东西。我知道你也喜欢写作的,前些日子我偶然从一个同学的剪贴簿上发现我们两个人的作品,私心窃喜不已,这证明我们两人的作品不但被刊载,也被读者所喜爱,我为自己欣慰,更为你欣慰。你是有前途的,不要就此截断你上进的路。大学在向你招手,你来吧,大学会训练你的思想,让你通过这条路而渐渐成熟和完美。

素素读的是商职,这也是好的,我们家的人都不长于计算,你好好地读,倒也可以替大家出一口气。最近家中的芒果和橄榄都快熟了,你一向好吃零食,小心别又弄得胃痛了。你有一个特点,就是喜欢漂亮的衣服,其实这也不算坏事,正好可以补我不好打扮的短处,只是还应该把自己喜欢衣服的心推到别人身上去,像杜甫一样,以天下的寒士为念,再者,将来你不妨用自己的努力去换取你所心爱的东西,这样,正如我刚才所说的,你不但能享受"获得"的喜悦,还能享受"去获得"的喜悦。

圆圆,你正是十四岁,我很了解你这种年龄的孩子,这一段日子是最不好受的了,自己总弄不清楚该算成人还是小孩,不过,时间自会带你度过这个关口。你的英文和数学总不肯下功夫，这也是我的老毛病，如今我渐渐感到自己在这方面吃了不少的亏，你才初二，一切从头做起，并不为晚，许多人一生和资源，都是在你这种年龄的时候贮存的。我知道，你是可造之才，我期待着看你成功，看到你初中毕业、高中毕业、大学毕业……你小时候，我的同学们每次看到你便喜欢叫你"小甜甜"，我希望你不仅让别人从你的微笑里领到一份甜蜜，更该让父母和一切关切你的人，从你的成功而得到更大的甜蜜。

　　至于满满，你才读小学四年级，我常为你早熟的思想担忧。五岁的时候，你画的人头已不逊于任何一位姐姐了，六岁的时候，居然能用注音字母拼看编出一本简单的故事，并且还附有插图呢！你常常恃才不好读书，而考试又每每名列前茅。其实，我并不欣赏你这种成功，我希望每一个人都尽自己的力，不管他的才分如何，上天并没有划定一批人，准许他们可以单凭才气而成功。你还有一个严重的缺点，就是好胜心太强，不管是吃的、是穿的、是用的，你从来不肯输给别人，往往为了一句话，竟可以负气忍一顿饿。记得我说你是"气包子"吗？实在和人争并不是一件好事，原来你在姐妹中可以算作最漂亮的一个。可是你自己那副恶煞的神气，把你的美全破坏了。渐渐的，你会明白，所谓美，不是尼龙小蓬裙所能撑起来的，也不是大眼睛和小嘴巴所能凑成的，美是一种说不出的品德，一种说不出的气质，也许现在你还不能体会，将来你终会领悟的。

弟弟，提到你，我不由得振奋了，虽说重男轻女的时代早已过去，但你是我们家唯一的男孩，无论如何，你有着更重要的位置。最近你长胖一点了吧？早几年我们曾打过好几架，也许再过两年我便打不过你了。在家里，我爱每一个妹妹，但无疑的，我更期望你的成功。我属蛇，你也属蛇，我们整整差了一个生肖，我盼望一个弟弟，盼望了十二年，我又焉能不偏疼你？当然我的意思并不是说我要对你宽大一点，相反的，我要严严地管你，紧紧盯你，因为，你是唯一继承大统的，你只能成功，不能失败。

我们常爱问你长大后要做什么，你说要沿着一条街盖上几栋五层楼的百货公司，每个姐姐都分一栋，并且还要在阳台上搭一块板子，彼此沟通，大家便可以跳来跳去的玩。你想得真美，弟弟，我很高兴你是这样一个纯真可爱、而又肯为别人着想的小男孩。

你也有缺点的，你太好哭了，缺乏一点男孩子气，或许是姐妹太多的缘故吧？梅姐曾答应你，只要你有一周不哭的记录，便带你去钓鱼，你却从来办不到，不是太可惜吗？弟弟，我不是反对哭，英雄也是会落泪的，但为了丢失一个水壶而哭，却是毫无道理的啊！人生途中的荆棘多着呢，那些经历将把我们刺得遍体流血，如果你现在不能忍受这一点的不顺，将来你怎能接受人生更多的磨炼呢?

最后,小妹妹,和你说话真让我困扰,你太顽皮,太野,你真该和你哥哥调个位置的。记得我小时候,总是梳着光溜溜的辫子,会在妈妈身边,听七个小矮人的故事,你却爱领着四邻的孩子一同玩泥沙,直弄得浑身上下像个小泥人儿,分不出哪是眉毛哪是脸颊,才回来洗澡。我无法责备你,你总算有一个长处——你长大以后,一定比我活泼,比我勇敢,比我勇士。将来的时代,也许必须你这种典型才能适应。

你还小,有很多话我无法让你了解,我只对你说一点,你要听父母和老师的话,听哥哥姐姐的话,其实,做一个听话者比一个施教者是幸福多了,我常期待仍能缩成一个小孩,像你那样,连早晨起来穿几件衣服也不由自己决定,可惜已经不可能了。

我写了这样多,朝阳已经照在我的信笺上了,你们大概都去上学了吧?对了,你们上学的路上,不也有一片稻田吗?你们一定会注意到那新稻的绿,你们会想起你们的姐姐吗?——那生活在另一处绿色天地中的姐姐。那么,我教你们,你们应该仰首对穹苍说:"求天父保佑我们在远方的晓姐姐,叫他走路时不会绊脚,睡觉时也不会着凉。"

现在,我且托绿衣人为我带去这封信,等傍晚你们放学回家,它便躺在你们的书桌上。我希望你们不要抢,只要静静地坐成一个圈儿，由一个读给大家听。读完之后，我盼望你们中间某个比较聪明的会站起来，望着庭中如盖的绿树，说：

"我知道，我知道姐姐为什么写这封信给我们，你们看，春天来了，树又绿了，姐姐要我们也像春天的绿树一样，不停地向上长进呢！"

当我在逆旅中，遥遥地从南来的薰风中辨出这句话，我便要掷下笔，满意地微笑了。

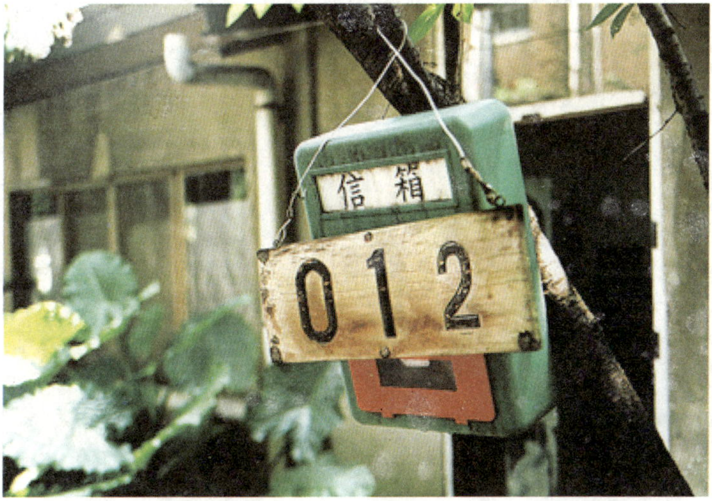
信箱
012

偶抬头，只见微云掠空，
斜斜地排着，像一首短诗，
像一阕不规则的小令。

辑 四

晓风,

杨柳岸

初心

> 我爱上"初"这个字,并且提醒自己每清晨都该恢复为一个"初人",每一刻,都要维护住那一片初心。

1. 初哉首基肇祖元胎……

因为书是新的,我翻开来的时候也就特别慎重。书本上的第一页第一行是这样的:"初、哉、首、基、肇、祖、元、胎……始也。"

那一年,我十七岁,望着《尔雅》这部书的第一句话而愕然,这书真奇怪啊!把"初"和一堆"初的同义词"并列卷首,仿佛立意要用这一长串"起始"之类的字来作整本书的起始。

也是整个中国文化的起始和基调吧?我有点敬畏起来了。

想起另一部书,《圣经》,也是这样开头的:

"起初,上帝创造天地。"

真是简明又壮阔的大笔,无一语修饰形容,却是元气淋漓,如

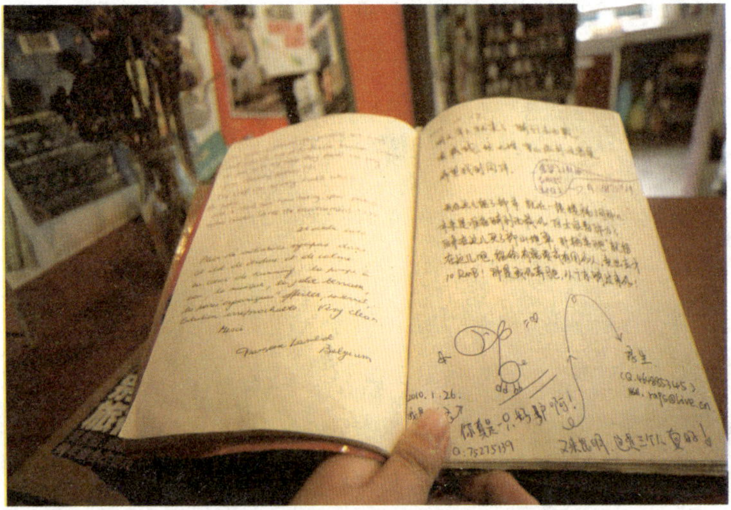

洪钟之声，震耳贯心，令人读着读着竟有坐不住的感觉，所谓壮志陡生，有天下之志，就是这种心情吧！寥寥数字，天工已竟，令人想见日之初升，海之初浪，高山始突，峡谷乍降及大地寂然等待小草涌腾出土的刹那！

而那一年，我十七，刚入中文系，刚买了这本古代第一部字典《尔雅》，立刻就被第一页第一行迷住了，我有点喜欢起文字学来了，真好，中国人最初的一本字典（想来也是世人的第一本字典），它的第一个字就是"初"。

"初，裁衣之始也。"文字学的书上如此解释。

我又大为惊动，我当时已略有训练，知道每一个中国文字背后都有一幅图画，但这"初"字背后不止一幅画，而是长长的一幅卷轴。想来当年造字之人初造"初"字的时候，也是煞费苦心的神来之笔这件事无形可绘，无状可求，如何才能追踪描摹？

他想起了某个女子动作，也许是母亲，也许是妻子，那样慎重地先从纺织机上把布取下来，整整齐齐的一匹布，她手握剪刀，当窗而立，她屏息凝神，考虑从哪里下刀，阳光把她微微毛乱的鬓发渲染成一轮光圈。她用神秘而多变的眼光打量着那整匹布，仿佛在主持一项典礼。其实她努力要决定的只不过是究竟该先做一件孩子的小衫好呢？还是先裁自己的一幅裙子？一匹布，一如渐渐沉黑的黄昏，有一整夜的美可以预期——当然，也有可能是噩梦，但因为

辑四 晓风，杨柳岸

有可能成为噩梦,美梦就更值得去渴望——而在她思来想去的当际,窗外陆陆续续流溢而过的是初春的阳光,是一批一批的风,是雏鸟拿捏不稳的初鸣,是天空上一匹复一匹不知从哪一架纺织机里卷出的浮云。

那女子终于下定决心,一刀剪下去,脸上有一种近乎悲壮的决然。

"初"字,就是这样来的。

人生一世,亦如一匹辛苦织成的布,一刀下去,一切就都裁就了。

整个宇宙的成灭,也可视为一次女子的裁衣啊!我爱上"初"这个字,并且提醒自己每清晨都该恢复为一个"初人",每一刻,都要维护住那一片初心。

2.初发芙蓉

《颜延之传》里这样说:

"颜延之问鲍照已与谢灵运优劣,照曰:'谢五言诗如初发芙蓉,自然可爱,君诗如铺锦列绣,雕缋满眼。'"

六朝人说的芙蓉便是荷花,鲍照用"初发芙蓉"比谢灵运,实在令人羡慕,其实"像荷花"不足为奇,能像"初发水芙蓉"才令人神思飞驰。灵运一生独此四字，也就够了。

后来的文学批评也爱沿用这字归，介存斋《论词杂著》论晚唐韦庄的词便说：

"端己词清艳绝伦，初日芙蓉春日柳，使人想见风度。"

中国人没有什么"诗之批评"或"词之批评"，只有"诗话""词话"，而词话好到如此，其本身已凝聚饱实，全华丽如一则小令。

3.清露晨流新桐初引

《世说新语》里有一则故事，说到王恭和王忱原是好友，以后却因政治上的芥蒂而分手。只是每次遇见良辰美景，王恭总会想到王忱。面对山石流泉，王忱便恢复为王忱，是一个精彩的人，是一个可以共享无限清机的老友。

有一次，春日绝早，王恭独自漫步一幽极胜极之外，书上记载说：

"子时清露晨流，新桐初引。"

那被人爱悦，被人誉为"濯濯如春月柳"的王恭忽然怅怅冒出一句："王大故自濯濯。"语气里半是生气半是爱惜，翻成白话就是：

"唉，王大那家伙真没话说——实在是出众！"

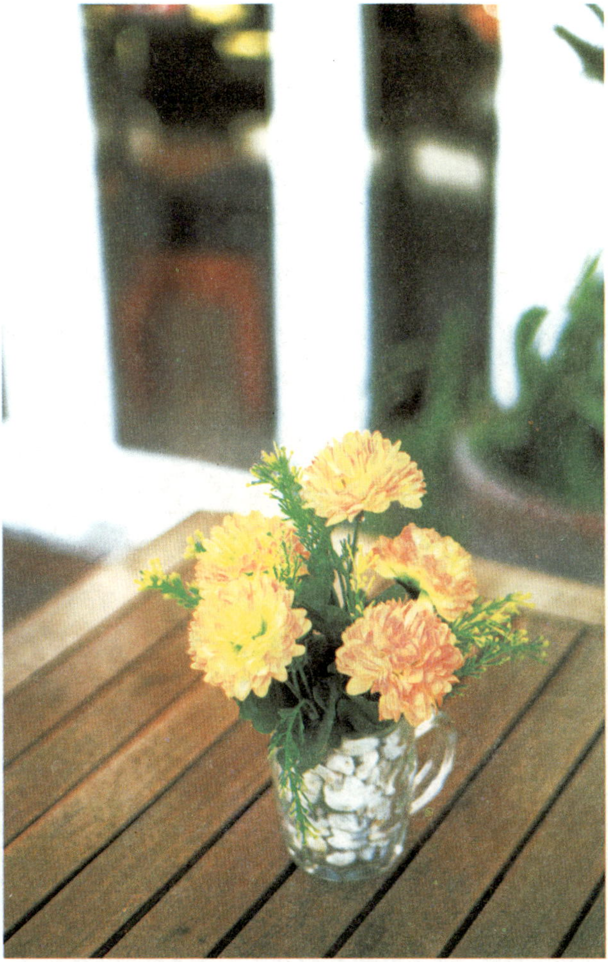

不知道为什么，作者在描写这段微妙的人际关系时，把周围环境也一起写进去了。而使我读来怦然心动的也正是那段"于时清露晨流，新桐初引"的附带描述。也许不是什么惊心动魄的大景观，只是一个序幕初启的清晨，只是清晨初初映着阳光闪烁的露水，只是露水妆点下的桐树初初抽了芽，遂使得人也变得纯洁灵明起来，甚至强烈地怀想那个有过嫌隙的朋友。

李清照大约也被这光景迷住了，所以她的《念奴娇》里竟把"清露晨流，新桐初引"的句子全搬过去了。一颗露珠，从六朝闪到北宋，一叶新桐，在安静的扉页里晶薄透亮。

我愿我的朋友也在生命中最美好的片刻想起我来，在一切天清地廓之时，在叶嫩花初之际，在霜之始凝，夜之始静，果之初熟，茶之方馨。在船之启碇，鸟之回翼，在婴儿第一次微笑的刹那，想及我。

如果想及我的那人不是朋友，而是敌人（如果我有敌人的话），那也好——不，也许更好。嫌隙虽深，对方却仍会想及我，必然因为我极为精彩的缘故。当然，也因为一片初生的桐叶是那么好，好得足以让人有气度去欣赏仇敌。

一双小鞋

> 当魔魇似的紧箍咒从脚趾移开的时候,
> 它会不会变了相又钻到头脑和心灵里去了?

说起来,我的收藏品多半是路边捡来的,少半是以极便宜的价钱买的。只有偶然一两件是贵东西,其中一件是双旧鞋子。挂在墙上,非常不起眼,却花了我大约五千元台币。

我之所以买那双鞋是因为那是双旧式的小脚女人的鞋子。小鞋子我倒也看过许多,博物馆里有那小鞋绣得五彩斑斓,耀目生辉,大小差不多只够塞一只男人的大拇指,真是不可思议。其实那种鞋不是人穿的,是女信徒做来供奉给神明穿的——当然是供给女性神明。至于中国女人为什么认为女神也是裹小脚的?倒也费人思索,值得写出一本大书来。

而我买的这双鞋长度十六七公分,是女人穿的,而且穿得有些旧了。我把它挂在一块木板上,木板上还有另外收藏的六双鞋,多半是些小孩的虎头鞋凤头鞋，色泽活泼鲜丽。只有这双鞋，灰扑扑的，仿佛平剧（注：指京剧）里的苦旦穿着它走了千里万里了。每一根经线都是忍耐，每一根纬线都是苦熬。

我买这样一双鞋，挂在那里，是提醒我自己，女人，曾经是个受苦的族类。我今天能大踏着一双天足跑来跑去是某些先贤力争的结果——这一切，其实得来不易。

对先辈的女人我也充满敬意，她们终身拖着一双扭曲骨折的脚。但碰到逃荒的岁月，却也一样跑遍大江南北，她们甚至也下田也担水，也做许许多多粗活。她们是怎么熬过来的？她们令我惊奇，令历史惊奇。

望着那双不知哪一位女人穿过的小鞋，我的思绪不觉被牵往幽渺的年代。那女人可能只是个普通人家的妇女——如果是有钱人家，脚就会裹得更小，因为不太需要劳动——鞋子是黑布做的，不是华美典丽的那种，而且那黑色已穿得泛了灰，看来是走了不少路了。鞋上的绣花也适可而止，不那么花团锦簇。总之，那鞋怎么看都是贫苦妇女的鞋子，而贫苦妇女其实也就是受难妇女的同义词吧？我之所以买下这双灰头土脸的鞋子，其实也是对逝去年月中的受苦者的一点思忆之情吧？

讽刺的是，今天这个时代虽没有人会为小女孩裹脚了，可是女子的生命果真已是自由的不受摧折的生命吗？

辑四　晓风，杨柳岸

当魔魇似的紧箍咒从脚趾移开的时候,它会不会变了相又钻到头脑和心灵里去了?不"裹脚"的女子能保证自己是不"裹脑"、不"裹心"的女子吗?

我常常呆望着那双小鞋而迷惑起来。

辑四 晓风，杨柳岸

你的侧影好美

> 你一转头去看它,它便不是完整的侧影了,你只能斜眼去偷瞄自己的侧影。

中午在餐厅吃完饭,我慢慢地喝着那杯茶。茶并不怎么好,难得的是那天下午并没有什么赶着做的事,因此就慢慢地一口一口地啜着。

柜台那里有个女孩在打电话,这餐厅的外墙整个是一面玻璃,阳光流泻一室。有趣的是那女孩的侧影便整个印在墙上,她人长得平常,侧影却极美。侧影定在墙上,像一幅画。

我坐着,欣赏这幅画。奇怪,为什么别人都不看这幅美人图呢?连那女孩自己也忙着说个不停,她也没空看一下自己美丽的侧影。而侧影这玩意儿其实也很诡异,它非常不容易被本人看到。你一转头去看它,它便不是完整的侧影了,你只能斜眼去偷瞄自己的侧影。

我又坐了一会儿,餐厅里的客人或吃或喝——他们显然都在做

辑四 晓风，杨柳岸

他们身在餐厅该做的事。女孩继续说个不停,我则急我的事,我的事是什么事呢?我在犹豫要不要跑去告诉那女孩关于她侧影的事。

她有一个极美的侧影,她自己到底知道不知道呢?也许她长到这么大都没人告诉过她,如果我不告诉她,会不会她一生都不知道这件事?

但如果我跑去告诉她,她会不会认为我神经兮兮,多管闲事?

我被自己的假设苦恼着,而女孩的电话看样子是快打完了。我必须趁她挂上电话却还站在原来位置的时候告诉她。如果她走回自己座位我再拉她站回原地去表演侧影,一切就不再那么自然了。

我有点生自己的气,小小一件事,我也思前想后,拿不出个主意来。啊!干脆老实承认吧!我就是怕羞,怕去和陌生人说话,有这毛病的也不只我一个人吧!好,管他的,我且站起来,走到那女孩背后,破釜沉舟,我就专等她挂电话。

她果真不久就挂了电话。

"小姐!"我急急叫住她,"我有一件事要告诉你……"

"喔……"她有点惊讶,不过旋即打算听我的说词。

"你知道吗?你的侧影好美,我建议你下次带一张纸,一支笔,把你自己在墙上的侧影描下来……"

"啊!谢谢你告诉我。"她显然是惊喜的,但她并没有大叫大跳。她和我一样,是那种含蓄不善表达的人。

我走回座位,吁了一口气。我终于把我要说的说了,我很满意我自己。

"对!其实我这辈子该做的事就是去告诉别人他所不知道的自己的美丽侧影。"

种种有情

> 天地也无非是风雨中的一座驿亭，人生也无非是种种羁心绊意的事和情，能题诗在壁总是好的。

有时候，我到水饺店去，饺子端上来的时候，我总是怔怔地望着那一个个透明饱满的形体，北方人叫它"冒气的元宝"，其实它比冷硬的元宝好多了，饺子自身是一个完美的世界，一张薄茧，包覆着简单而又丰盈的美味。

我特别喜欢看的是捏合饺子边皮留下的指纹，世界如此冷漠，天地和文明可能在一刹那之间化为炭劫，但无论如何，当我坐在桌前上面摆着的某个人亲手捏合的饺子，热雾腾腾中，指纹美如古陶器上的雕痕，吃饺子简直可以因而神圣起来。

"手泽"为什么一定要拿来形容书法呢？一切完美的留痕，甚至饺皮上的指纹不都是美丽的手泽吗？我忽然感到万物的有情。

巷口一家饺子馆的招牌是"正宗川味山东饺子馆",也许是一个四川人和一个山东人合开的,我喜欢那招牌,觉得简直可以画上清明上河图,那上面还有电话号码,前面注着 TEL,算是有了三个英文字母,至于号码本身,写的当然是阿拉伯文,一个小招牌,能涵容了四川、山东、中文、阿拉伯(数)字、英文,不能不说是一种可爱。

校车反正是每天都要坐的,而坐车看书也是每天例有的习惯,有一天,车过中山北路,劈头落下一片叶子竟把手里的宋诗打得有了声音,多么令人惊异的断句法。

原来是通风窗里掉下来的,也不知是刚刚新落的叶子,还是某棵树上的叶子在某时候某地方,偶然憩在偶过的车顶上,此刻又偶然掉下来的,我把叶子揉碎,它是早死了,在此刻,它的芳香在我的两掌复活,我扎开微绿的指尖,竟恍惚自觉是一棵初生的树,并且刚抽出两片新芽,碧绿而芬芳,温暖而多血,镂饰着奇异的脉络和纹路,一叶在左,一叶在右,我是庄严地合着掌的一截新芽。

两年前的夏天,我们到堪萨斯去看朱和他的全家——标准的神仙眷属,博士的先生,硕士的妻子,数目"恰恰好"的孩子,可靠的年薪,高尚住宅区里的房子,房子前的草坪,草坪外的绿树,绿

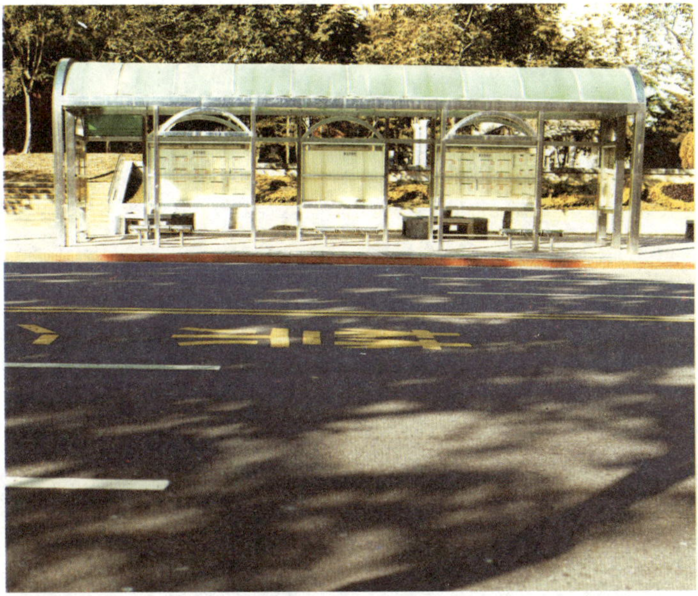

树外的蓝天……

临行，打算合照一张，我四下列览，无心地说：

"啊，就在你们这棵柳树下面照好不好？"

"我们的柳树。"朱忽然回过头来，正色地说：

"什么叫我们的柳树？我们反正是随时可以走的！我随时可以让它不是'我们的柳树'。"

一年以后，他和全家都回来了，不知堪萨斯城的那棵树的如今属于谁——但朱属于这块土地，他的门前不再有柳树了，他只能把自己栽成这块土地上的一片绿意。

春天，中山北路的红砖道上有人手拿着用粗绒线做的长腿怪鸟的兜卖，风吹着鸟的瘦胫，飘飘然好像真会走路的样子。

有些外国人忍不住停下来买一只。

忽然，有个中国女人停了下来，她不大年轻，大概三十左右，一看就知是由于精明干练日子过得很忙碌的女人。

"这东西很好，"她抓住小鸟，"一定要外销，一定赚钱，你到××路××巷×号二楼上去，一进门有个×小姐，你去找她，她一定会想办法给你弄外销！"

然后她又回头重复了一次地址，才放心走开。

台湾怎能不富，连路上不相干的路人也会指点别人怎么做外销，其实，那种东西厂商也许早就做外销了，但那女人的热心，真是可爱得紧。

暑假里到中部乡下去，弯入一个岔道，在一棵大榕树底下看到一个身架特别小的孩子，把几根绳索吊在大树上，他自己站在一张小板凳上，结着简单的结，要把那几根绳索编成一个网花盆的吊篮。

他的母亲对着他坐在大门口，一边照顾着杂货店，一边也编着美丽的结，蝉声满树，我停留为搭讪着和那妇人说话，问她卖不卖，她告诉我不能卖，因为厂方签好契约是要外销的，带路的当地朋友说他们全是不露声色的财主。

我想起那年在美国逛梅西公司，问柜台小姐那架录音机是不是台湾做的，她回了一句：

"当然，反正什么都是日本跟台湾来的。"

我一直怀念那条乡下无名的小路，路旁那一对富足的母子，以及他们怎样在满地树荫里相对坐编那织满了蝉声的吊篮。

我习惯请一位姓赖的油漆工人，他是客家人，哥哥做木工，一家人彼此生意都有照顾。有一年我打电话找他们，居然不在，因为到关岛去做工程了。

过了一年才回来。

辑四　晓风，杨柳岸

"你们也是要三年出师吧。"有一次我没话找话跟他们闲聊。

"不用,现在两年就行。"

"怎么短了?"

"当然,现代人比较聪明!"

听他说得一本正经,顿时对人类前途都觉得乐观起来,现代的学徒不用生炉子,不用倒马桶,不用替老板娘抱孩子,当然两年就行了。

我一直记得他们一口咬定现代人比较聪明时脸上那份尊严的笑容。

学校下面是一所大医院,黄昏的时候,病人出来散步,有些探病的人也三三两两的散步。

那天,我在山径上便遇见了几个这样的人。

习惯上,我喜欢走慢些去偷听别人说话。

其中有一个人,抱怨钱不经用,抱怨着抱怨着,像所有的中老年人一样,话题忽然就回到四十年前一块钱能买几百个鸡蛋的老故事上去了。

忽然,有一个人憋不住地叫了起来:

"你知道吗,抗战前,我念初中,有一次在街上捡到一张钱,哎呀,后来我等了一个礼拜天,拿着那张钱进城去,又吃了馆子,又吃了冰淇淋，又买了球鞋，又买了字典，又看了电影，哎呀，钱居然还没有花完呐……"

山径渐高，黄昏渐冷。

我驻下脚，看他们渐渐走远，不知为什么，心中涌满对黄昏时分霜鬓的陌生客的关爱，四十年前的一个小男孩，曾被突来的好运弄得多么愉快，四十年后山径上薄凉的黄昏，他仍然不能忘记……不知为什么，我忽然觉得那人只是一个小男孩，如果可能，我愿意自己是那掉钱的人，让人世中平白多出一段传奇故事……

无论如何，能去细味另一个人的惆怅也是一件好事。

元旦的清晨，天气异样的好，不是风和日丽的那种好，是清朗见底毫无渣滓的一种澄澈，我坐在计程车上赶赴一个会，路遇红灯时，车龙全停了下来，我无聊地探头窗外，只见两个年轻人骑着机车，其中一个说了几句话忽然兴奋地大叫起来："真是个好主意啊！"我不知他们想出了什么好主意，但看他们阳光下无邪的笑意，也忍不住跟着高兴起来，不知道他们的主意是什么主意，但能在偶然的红灯前遇见一个以前没见过以后也不会见到的人真是一个奇异的机缘。他们的脸我是记不住的，但那不重要，重要的是我记得他们石破天惊的欢呼，他们或许去郊游，或许去野餐，或许去访问一个美丽的笑面如花的女孩，他们有没有得到他们预期的喜悦,我不知道,但我至少得到了,我惊喜于我能分享一个陌路的未曾成形的喜悦。

有一次,路过香港,有事要和乔宏的太太联络,习惯上我喜欢凌晨或午夜打电话——因为那时候忙碌的人才可能在家。

"你是早起的还是晚睡的?"

她愣了一下。

"我是既早起又晚睡的,孩子要上学,所以要早起,丈夫要拍戏,所以晚睡——随你多早多晚打来都行。"

这次轮到我愣了,她真厉害,可是厉害的不止她一个人。其实,所有为人妻为人母的大概都有这份本事——只是她们看起来又那样平凡,平凡得自己都弄不懂自己竟有那么大的本领。

女人,真是一种奇怪的人,她可以没有籍贯、没有职业,甚至没有名字地跟着丈夫活着,她什么都给了人,她年老的时候拿不到一文退休金,但她却活得那么有劲头,她可以早起可以晚睡,可以吃得极少可以永无休假地做下去。她一辈子并不清楚自己是在付出还是在拥有。

资深主妇真是一种既可爱又可敬的角色。

文艺会谈结束的那天中午,我因为要赶回宿舍找东西,午餐会迟到了三分钟，慌慌张张地钻进餐厅，席次都坐好了，大家已经开始吃了，忽然有人招呼我过去坐，那里刚好空着一个座位，我不加考虑地就走过去了。

等走到面前，我才呆了，那是谢东闵主席右首的位子，刚才显然是由于大家谦虚而变成了空位，此刻却变成了我这个冒失鬼的位子，我浑身不自在起来，跟"大官"一起总是件令人手足无措的事。

忽然，谢主席转过头来向我道歉：

"我该给你夹菜的，可是，你看，我的右手不方便，真对不起，不能替你服务了，你自己要多吃点。"

我一时傻眼望着他，以及他的手，不知该说什么，那只伤痕犹在的手忽然美丽起来，炸得掉的是手指，炸不掉的是一个人的风格和气度，我拼命忍住眼泪，我知道，此刻，我不是坐在一个"大官"旁边，而是一个温煦的"人"的旁边。

经过火车站的时候，我总忍不住要去看留言牌。

那些粉笔字不知道铁路局允许它保留半天或一天，它们不是宣纸上的书法，不是金石上的篆刻，不是小笺上的墨痕，它们注定立刻便要消逝——但它们存在的时候，它是多好的一根丝缕，就那样绾住了人间种种的牵牵绊绊。

我竟把那些句子抄了下来：

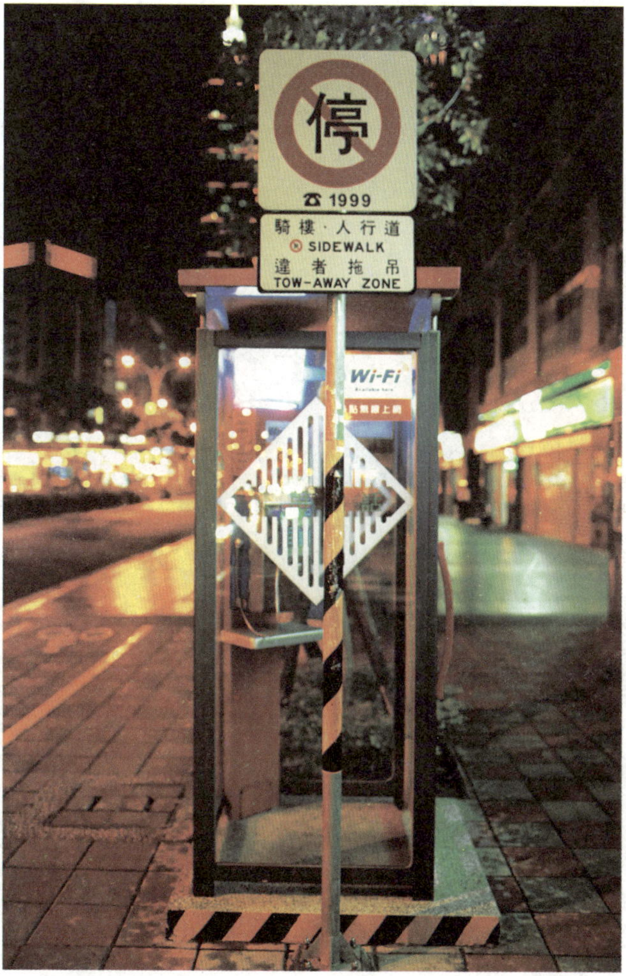
停
1999
騎樓·人行道
SIDEWALK
違者拖吊
TOW-AWAY ZONE
Wi-Fi

缎：久候未遇，已返，请来龙泉见。

春花：等你不见，我走了（我二点再来）。荣。

展：我与姨妈往内埔姐家，晚上九时不来等你。

每次看到那样的字总觉得好，觉得那些不遇、焦灼、愚痴中也自有一份可爱，一份人间的必要的温度。

还有一个人，也不署名，也没称谓，只扎手扎脚地写了"吾走矣"三个大字，板黑字白，气势好像要突破挂板飞去的样子。也不知道究竟是写给某一个人看的，还是写给过往来客的一句诗偈，总之，令人看得心头一震！

《红楼梦》里麻鞋鹑衣的痕道人可以一路唱着"好了歌"，告诉世人万般"好"都是因为"了断"尘缘，但为什么要了断呢？每次我望着大小驿站中的留言牌，总觉万般的好都是因为不了不断、不能割舍而来的。

天地也无非是风雨中的一座驿亭，人生也无非是种种羁心绊意的事和情，能题诗在壁总是好的！

画晴

> 即使有笔如云,也不过随写随抹,何尝尽责描绘造物之奇。

落了许久的雨,天忽然晴了。心理上就觉得似乎捡回了一批失落的财宝,天的蓝宝石和山的绿翡翠在一夜之间又重现在晨窗中了。阳光倾注在山谷中,如同一盅稀薄的葡萄汁。

我起来,走下台阶,独自微笑着、欢喜着。四下一个人也没有,我就觉得自己也没有了。天地间只有一团喜悦、一腔温柔、一片勃勃然的生气,我走向田畦,就以为自己是一株恬然的菜花。我举袂迎风,就觉得自己是一缕宛转的气流,我抬头望天,却又把自己误以为明灿的阳光。我的心从来没有这样宽广过,恍惚中忆起一节经文:"上帝叫日头照好人,也照歹人。"我第一次那样深切地体会到造物的深心,我就忽然热爱起一切有生命和无生命的东西来了。我那样渴切地想对每一个人说声早安。

不知怎的，忽然想起住在郊外的陈，就觉得非去拜访她不可，人在这种日子里真不该再有所安排和计划的。在这种阳光中如果不带有几分醉意，凡事随兴而行，就显得太不调和了。

转了好几班车，来到一条曲折的黄泥路。天晴了，路刚晒干，温温软软的，让人感觉到大地的脉搏。一路走着，不觉到了，我站在竹篱面前，连吠门的小狗也没有一只。门上斜挂了一把小铃，我独自摇了半天，猜想大概是没人了。低头细看，才发现一个极小的铜锁——她也出去了。

我又站了许久，不知道自己该往哪里去。想要留个纸条，却又说不出所以造访的目的。其实我并不那么渴望见她的。我只想消磨一个极好的太阳天，只想到乡村里去看看五谷六畜怎样欣赏这个日子。

抬头望去，远处禾场很空阔，几垛稻草疏疏落落地散布着。颇有些仿古制作的意味。我信步徐行，发现自己正走向一片广场。黄绿不匀的草在我脚下伸展着，奇怪的大石在草丛中散置着。我选了一块比较光滑的斜靠而坐，就觉得身下垫的，和身上盖的都是灼热的阳光。我陶醉了许久，定神环望，才发现这景致简单得不可置信——一片草场，几块乱石。远处唯有天草相黏，近只有好风如水。没有任何名花异草，没有任何仕女云集。但我为什么这样痴呆地坐呢？我是被什么吸引着呢？

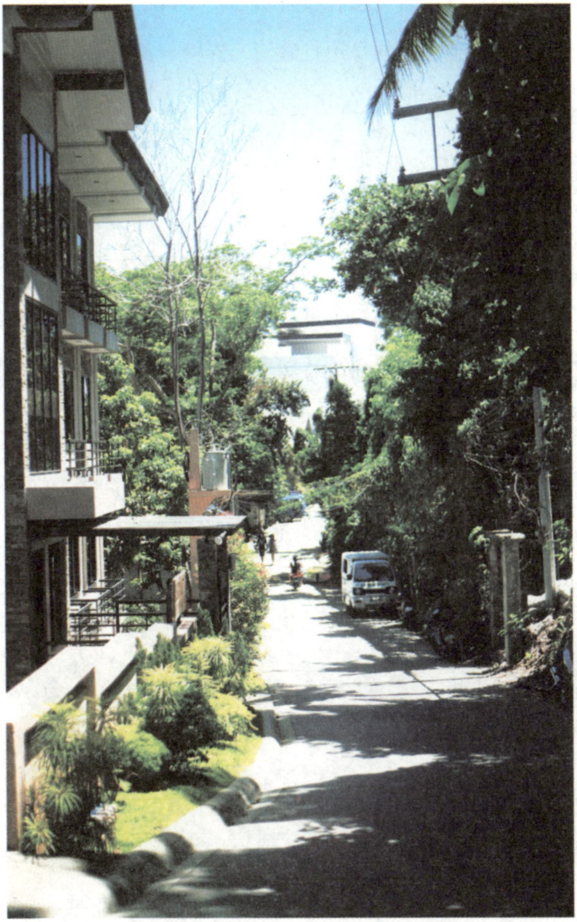

我悠然地望着天，我的心就恍然回到往古的年代，那时候必然也是一个久雨后的晴天，一个村野之人，在耕作之余，到禾场上去晒太阳。他的小狗在他的身边打着滚，弄得一身的草。他酣然地躺着，傻傻地笑着，觉得没人经历过这样的幸福。于是，他兴奋起来，喘着气去叩王室的门，要把这宗秘密公布出来。他万没有想到所有听见的人都掩袖窃笑，从此把他当作一个典故来打趣。

他有什么错呢？因为他发现的真理太简单吗？但经过这样多个世纪，他所体味的幸福仍然不是坐在暖气机边的人所能了解的。如果我们肯早日离开阴深黑暗的蛰居，回到热热亮亮的光中，那该多美呢！

头顶上有一棵不知名的树，叶子不多，却都很青翠，太阳的影像从树叶的微隙中筛了下来。暖风过处一满地圆圆的日影都欣然起舞。唉，这样温柔的阳光，对于庸碌的人而言，一生之中又能几遇呢？

坐在这样的树下，又使我想起自己平日对人品的观察。我常常觉得自己的浮躁和浅薄就像"夏日之日"，常使人厌恶、回避。于是在深心之中，总不免暗暗地向往着一个境界——"冬日之日"。那是光明的，却毫不刺眼。是暖热的，却不致灼人。什么时候我才能那样含蕴，那样温柔敦厚而又那样深沉呢？"如果你要我成为光，求你叫我成为这样的光。"

我不禁用全心灵祷求:"不是独步中天,造成气焰和光芒。而是透过灰冷的心,用一腔热忱去温暖一切僵坐在阴湿中的人。"

渐近日午,光线更明朗了,一切景物的色调开始变得浓重。记得读过段成式的作品,独爱其中一句:"坐对当窗木,看移三面阴"。想不到我也有缘领略这种静趣,其实我所欣赏的,前人已经欣赏了。我所感受的,前人也已经感受了。但是,为什么这些经历依旧是这么深,这么新鲜呢?

身旁有一袋点心,是我顺手买来,打算送给陈的。现在却成了我的午餐。一个人,在无垠的草场上,咀嚼着简单的干粮,倒也是十分有趣。在这种景色里,不觉其饿,却也不觉其饱。吃东西只是一种情趣,一种艺术。

我原来是带了一本词集子的,却一直没打开,总觉得直接观赏情景,比间接的观赏要深刻得多。饭后有些倦了,才顺手翻它几页。不觉沉然欲睡,手里还拿着书,人已经恍然踏入另一个境界。

等到醒来,发现几只黑色瘦胫的羊,正慢慢地啮着草,远远的有一个孩子跷脚躺着,悠然地嚼着一根长长的青草。我抛书而起,在草场上迂回漫步。难得这么静的下午,我的脚步声和羊群的啮草声都清晰可闻。回头再看看那曲臂为枕的孩子,不觉有点羡慕他那种"富贵于我如浮云"的风度了。几只羊依旧低头择草,恍惚间只让我觉得它们嚼的不止是草,而是冬天里半发的绿意,以及草场上

辑四　晓风，杨柳岸

无边无际的阳光。

　　日影稍稍西斜了，光辉却仍旧不减，在一天之中，我往往偏爱这一刻。我知道有人歌颂朝云，有人爱恋晚霞，至于耀眼的日升和幽邃的黑夜都惯受人们的钟爱。唯有这样平凡的下午，没有一点彩色和光芒的时刻，常常会被人遗忘。但我却不能自禁地喜爱并且瞻仰这份宁静、恬淡和收敛。我回到自己的位置坐下，茫茫草原，就只交付我和那看羊的孩子吗？叫我们如何消受得完呢？偶抬头，只见微云掠空，斜斜地排着，像一首短诗，像一阕不规则的小令。看着看着，就忍不住发出许多奇想。记得元曲中有一段述说一个人不能写信的理由："不是无情思，过青江，买不得天样纸。"而现在，天空的蓝笺已平铺在我头上，我却又苦于没有云样的笔。其实即使有笔如云，也不过随写随抹，何尝尽责描绘造物之奇。至于和风动草，大概本来也想低吟几句云的作品。只是云彩总爱反复地更改着，叫风声无从传布。如果有人学会云的速记，把天上的文章流传几篇到人间，却又该多么好呢。

　　正在痴想之间，发现不但云朵的形状变幻着，连它的颜色也奇异地转换了。半天朱霞，粲然如焚，映着草地也有三分红意了。不仔细分辨，就像莽原尽处烧着一片野火似的。牧羊的孩子不知何时已把他的羊聚拢了，村落里炊烟袅升，他也就隐向一片暮霭中去了。

　　我站起身来，摸摸石头还有一些余温，而空气中却沁进几分凉意了。有一群孩子走过,每人抱着一怀枯枝干草。忽然见到我就停下来,互相低语着。

"她有点奇怪,不是吗?"

"我们这里从来没有人来远足的。"

"我知道,"有一个较老成的孩子说:"他们有的人喜欢到这里来画图的。"

"可是,我没有看见她的纸和她的水彩呀!"

"她一定画好了,藏起来了。"

得到满意的结论以后,他们又作一行归去了。远处有疏疏密密的竹林,掩映一角红墙,我望着他们各自走入他们的家,心中不禁怃然若失。想起城市的街道,想起两侧壁立的大厦,人行其间,抬头只见一线天色,真仿佛置身于死荫的幽谷了。而这里,在这不知名的原野中,却是遍地泛滥着阳光。人生际遇不同,相去多么远啊!

我转身离去,落日在我身后画着红艳的圆。而远处昏黄的灯光也同时在我面前亮起。那种壮丽和寒伧成为极强烈的对照。

遥遥地看到陈的家,也已经有了灯光,想她必是倦游归来了,我迟疑了一下,没有走过去摇铃,我已拜望过郊上的晴朗,不必再看她了。

走到车站,总觉得手里比来的时候多了一些东西,低头看看,依然是那一本旧书。这使我忽然迷惑起来,难道我真的携有一张画吗？像那个孩子所说的："画好了，藏起来了！"

　　归途上，当我独行在黑茫茫的暮色中，我就开始接触那幅画了。它是用淡墨染成"晴郊图"，画在平整的心灵素宣上，在每一个阴黑的地方向我展示。

辑四 晓风,杨柳岸

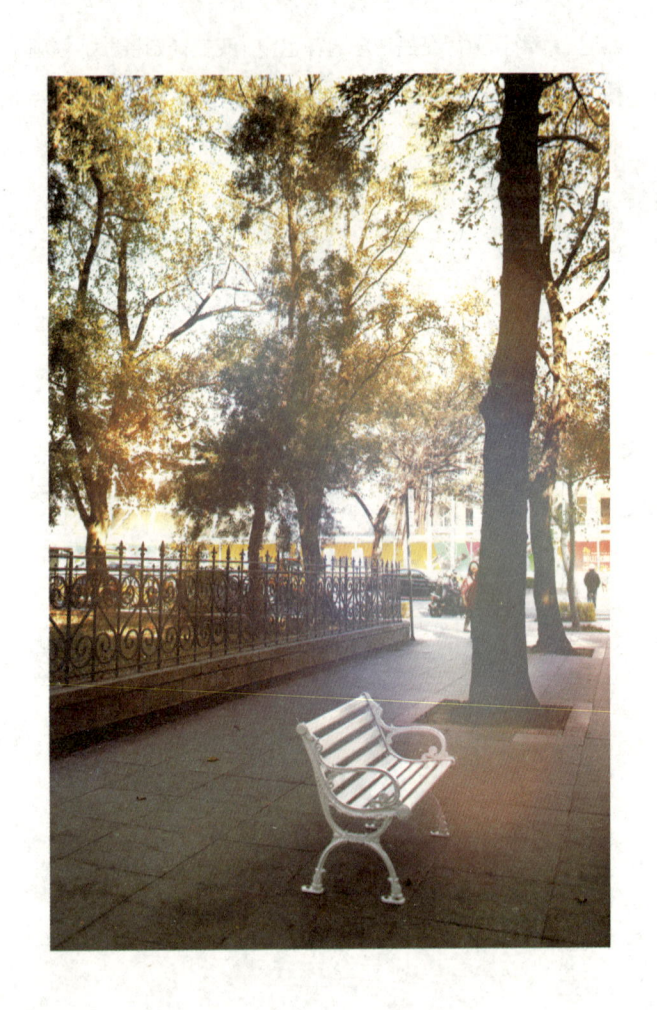

女人，和她的指甲刀

> 此刻我是我，既不妻，也不母，既不贤，也不良，我只是我。远方，仍有一个天涯等我去行遍。

"要不要买一把小指甲刀？"张小泉剪刀很出名的，站在灵隐寺外，我踌躇，过去看看吧！好几百年的老店呢！

果真不好，其实我早就料到。

回到旅馆，我赶紧找出自己随身带的那只指甲刀来剪指甲，虽然指甲并不长，但我急着重温一下这把好指甲刀的感觉。

这指甲刀买了有十几年了，日本制，在香港买的，约值二百台币，当时倒是狠一下心才买的。用这么贵的价钱买一只小小的指甲刀，对我而言，是介乎奢华和犯罪之间的行为。

刀有个小纸盒，银色，盒里垫着蓝色的假丝绒，刀是纯钢，造型利落干净。我爱死了它。

十几年来，每个礼拜，或至多十天，我总会跟它见一次面，接受它的修剪。这种关系，也该算作亲密了，想想看，十几年呐——有好些婚姻都熬不了这么久呢！

我当时为什么下定决心要买这只指甲刀呢？事情是这样的，平常家里大概总买十元一只的指甲刀，古怪的是，几乎随买随掉。等孩子长到自己会剪指甲年龄，情况更见严重，几乎每周掉一只，问丈夫，他说话简直玄得像哲学，他说："没有掉，只是一时找不着了。"

我有时有点绝望，仿佛家里出现了"神秘百慕大"，什么东西都可以自动销匿化烟。

幼小的时候看人家登离婚广告，总是写"我俩意见不合"，便以为夫妻吵架一定是由于"意见不合"。没想到事情轮到自己头上，全然不是那么回事，我们每次吵架，原因都是"我俩意见相同"，关于掉指甲刀的事也不例外。

"我看一定是你用完就忘了，放在你自己的口袋里了。"

每次我这样说他的时候，他一定做出一副和我意见全然一致的表情：

"我看一定是你用完就忘了，放在你自己的口袋里了。"

掉刀的事，终于还是不了了之。

我终于决定让自己拥有一件"完完全全属于我自己的东西"。

婚姻生活又可爱又可怕，它让你和别人"共享"，"共享"的结果是：房子是二人的，电话是二人的，筷子是大家的，连感冒，

辑四　晓风，杨柳岸

也是有难同当。

唉！

我决定自救，我要去买一把指甲刀给自己，这指甲刀只属于我，谁都不许用！以后你们要掉刀是你们的事！

我要保持我的指甲刀不掉。

这几句话很简单，但不知为什么我每次企图说服自己的时候，都有小小的罪咎感。还好，终于，有一天，我把自己说服了，把刀买了，并且鼓足勇气向其他三口家人说明。

我珍爱我的指甲刀，它是我在婚姻生活里唯一一项"私人财产"。

深夜，灯下，我剪自己的指甲，用自己的指甲刀，我觉得幸福。剪指甲的声音柔和清脆，此刻我是我，既不妻，也不母，既不贤，也不良，我只是我。远方，仍有一个天涯等我去行遍。

当下

> 果真可以活一百万年,你尽管学大漠沙砾,任日升月沉,你只管寂然静阒。

"当下"这个词,不知可不可以被视为人间最美丽的字眼?

她年轻、美丽、被爱,然而,她死了。

她不甘心,这一点,天使也看得出来。于是,天使特别恩准她遁回人世,她并且可以在一生近万个日子里任挑一天,去回味一下。

她挑了十二岁生日的那一天。

十二岁,艰难的步履还没有开始,复杂的人生算式才初透玄机,应该是个值得重温的黄金时段。

然而,她失望了。十二岁生日的那天清晨,母亲仍然忙得像一只团团转的母鸡,没有人有闲暇可以多看她半眼,穿越时光回奔而来的女孩,惊愕万分地看着家人,不禁哀叹:

这些人活得如此匆忙，如此漫不经心，仿佛他们能活一百万年似的。他们糟蹋了每一个"当下"。

以上是美国剧作家怀尔德的作品《小镇》里的一段。

是啊，如果我们可以活一千年，我们大可以像一株山巅的红桧，扫云拭雾，卧月眠霜。

如果我们可以活一万年，那么我们亦得效悠悠磐石，冷眼看哈雷彗星以七十六年为一周期，旋生旋灭。并且翻览秦时明月、汉代边关，如翻阅手边的零散手札。

如果可以活十万年呢？那么就做冷冷的玄武岩岩岬吧，纵容潮汐的乍起乍落，浪花的忽开忽谢，岩岬只一径兀然枯立。

果真可以活一百万年，你尽管学大漠沙砾，任日升月沉，你只管寂然静阒。

然而，我们只拥有百年光阴。其短促倏忽——照圣经形容——只如一声喟然叹息。

即使百年，元代曲家也曾给它做过一番质量分析，那首曲子翻成白话便如下文：

号称人生百岁，其实能活到七十也就算古稀了，其余三十年是个虚数啦。

更何况这期间有十岁是童年,糊里糊涂,不能算数。后十载呢?又不免老年痴呆,严格来说,中间五十年才是真正的实数。

而这五十年,又被黑夜占掉了一半。

剩下的二十五年,有时刮风,有时下雨,种种不如意。

至于好时光,则飞逝如奔兔,如迅鸟,转眼成空。

仔细想想,都不如抓住此刻,快快活活过日子划得来。

元曲的话说得真是白,真是直,真是痛快淋漓。

万古乾坤,百年身世。且不问美人如何一笑倾国,也不问将军如何引箭穿石。帝王将相虽然各自有他们精彩的脚步,犀利的台词,我们却只能站在此时此刻的舞台上,在灯光所打出的表演区内,移动我们自己的台步,演好我们的角色,扣紧剧情,一分不差。人生是现场演出的舞台剧,容不得 NG 再来一次,你必须演好当下。

生有时,死有时
栽种有时,拔毁有时
……

哭有时，笑有时

哀恸有时，欢跃有时

抛有时，聚有时

寻获有时，散落有时

得有时，舍有时

……

爱有时，恨有时

战有时，和有时

以上的诗，是号称智慧国王所罗门的歌。那歌的结论，其实也只是在说明，人在周围种种事件中行过，在每一记"当下"中完成其生平历练。

"当下"，应该有理由被视为人间最美丽的字眼吧？

辑四　晓风，杨柳岸

我有

> 从窗棂间望出去,晚霞的颜色全被这些纤纤约约的小触须给抖乱了,乱得很鲜活。

那一下午回家,心里好不如意,坐在窗前,禁不住地怜悯起自己来。

窗棂间爬着一溜紫藤,隔春青纱和我对坐着,在微凉的秋风里和我互诉哀愁。

事情总是这样的,你总得不到你所渴望的公平。你努力了,可是并不成功,因为掌握你成功的是别人,而不是你自己。我也许并不稀罕那份成功,可是,心里总不免有一份受愚的感觉。就好像小时候,你站在糖食店的门口,那里有一份抽奖的牌子,你的眼睛望着那最大最漂亮的奖品,可是你总抽不着,你袋子里的硬币空了,可是那份希望仍然高高的悬着。直到有一天,你忽然发现,事实上根本没有那份奖品,那些藏在一排红纸后面的签全是些空白的或者是近于空白的小奖。

那串紫藤这些日子以来美得有些神奇，秋天里的花就是这样的，不但美丽，而且有那一份凄凄艳艳的韵味。风一过的时候，醉红乱旋，把怜人的红意都荡到隔窗的小室中来了。

唉，这样美丽的下午，把一腔怨烦衬得更不协调了。可恨的还不止是那些事情的本身，更有被那些事扰乱得不再安宁的心。

翠生生的叶子簌簌作响，如同檐前的铜铃，悬着整个风季的音乐。这音乐和蓝天是协调的，和那一滴滴晶莹的红也是协调的——只是和我受愚的心不协调。

其实我们已经受愚多次了，而这么多次，竟没有能改变我们的心，我们仍然对人抱孩子式的信任，仍然固执地期望着良善，仍然宁可被人负，而不负人，所以，我们仍然容易受伤。

我们的心敞开，为要迎一只远方的青鸟，可是扑进来的总是蝙蝠，而我们不肯关上它，我们仍然期待着青鸟。

我站起身，眼前的绿烟红雾缭绕着。使我有着微微眩昏的感觉，遮不住的晚霞破墙而来，把我罩在大教堂的彩色玻璃下，我在那光辉中立着，洒金的分量很沉重地压着我。

"这些都是你的，孩子，这一切。"

一个遥远而又清晰的声音穿过脆薄的叶子传来，很柔如，很有力，很使我震惊。

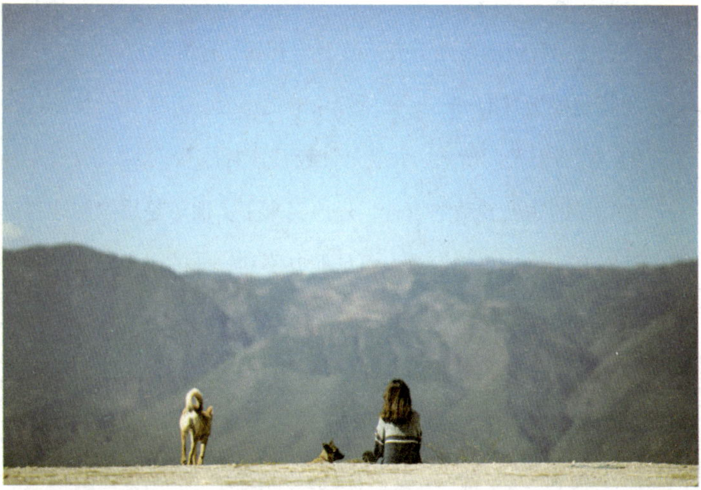

"我的?"

"我的,我给了你很久了"

"晤,"我说,"你不知道。"

"我晓得,"他说,声音里流溢着悲悯,"你太忙。"

我哭了,虽然没有责备。

等我抬起头的时候,那声音便悄悄隐去了,只有柔和的晚风久久不肯散去。我疲倦地坐下去,疲于一个下午的幽怨。

我真是很愚蠢的——比我所想象的更愚蠢,其实我一直是这么富有的,我竟然茫无所知,我老是计较着,老是不够洒脱。

有微小的钥匙转动的声音,是他回来了。他总是想偷偷地走进来,让我有一个小小的惊喜,可是他办不到,他的步子又重又实,他就是这样的。

现在他是站在我的背后了,那熟悉的皮夹克的气息四面袭来,把我沉在很幸福的孩童时期的梦幻里。

"不值得的。"他说,"为那些事失望是太廉价了。"

"我晓得,"我玩着一裙阳光喷射的洒金点子,"其实也没有什么。"

"人只有两种,幸福的和不幸福的,幸福的人不能因不幸的事变成不幸福,不幸福的人也不能因幸运的事变成幸福。"

他的目光俯视着,那里面重复地写着一行最美丽的字眼,我立刻再一次知道我是属于哪一类了。

"你一定不晓得的，"我怯怯地说，"我今天才发现，我有好多东西。"

"真的那么多吗？"

"真的，以前我总觉得那些东西是上苍赐予全人类的，但今天你知道，那是我的，我一个的。"

"你好富有。"

"是的，很富有，我的财产好殷实，我告诉你我真的相信，如果今天黄昏时宇宙间只有我一个人，那些晚霞仍然会排铺在天上的，那些花儿仍然会开成一片红色的银河系的。"

忽然我发现那些柔柔的须茎开始在风中探索，多么细弱的挣扎，那些卷卷的绿意随风上下，一种撼人的生命律动。从窗棂间望出去，晚霞的颜色全被这些纤纤约约的小触须给抖乱了，乱得很鲜活。

生命是一种探险，不是吗？那些柔弱的小茎能在风里成长，我又何必在意长长的风季？

忽然，我再也想不起刚才忧愁的真正原因了。我为自己的庸俗愕然了好一会儿。

有一堆温柔的火焰从他双眼中升起。我们在渐冷的暮色里互望着。

"你还有我，不要忘记。"他的声音有如冬夜的音乐，把人圈在一团遥远的烛光里。

我有着的,这一切我一直有着的,我怎么会忽略呢?那些在秋风犹为我绿着的紫藤,那些虽然远在天边还向我灿然的红霞,以及那些在一凝注间的爱情,我还能要求些什么呢?

那些叶片在风里翻着浅绿的浪,如同一列编磬,敲出很古典音色。我忽然听出,这是最美的一次演奏,在整个长长的秋季里。

只是因为年轻啊

> 只因年轻，只因一身光灿晶润的肌肤太完整，你就舍不得碰碰撞撞就害怕受创吗？

1. 爱——恨

小说课上，正讲着小说，我停下来发问："爱的反面是什么！"

"恨！"

大约因为对答案很有把握，他们回答得很快而且大声，神情明亮愉悦，此刻如果教室外面走过一个不懂中国话的老外，随他猜一百次也猜不出他们唱歌般快乐的声音竟在说一个"恨"字。

我环顾教室，心里浩叹，只因为年轻啊，只因为太年轻啊，我放下书，说：

"这样说吧，譬如说你现在正谈恋爱，然后呢？就分手了，过了五十年，你七十岁了，有一天，黄昏散步，冤家路窄，你们又碰

辑四 晓风，杨柳岸

到一起了,这时候,对方定定地看着你,说:

'×××,我恨你!'

如果情节是这样的,那么,你应该庆幸,居然被别人痛恨了半个世纪,恨也是一种很容易疲倦的情感,要有人恨你五十年也不简单,怕就怕在当时你走过去说:

'×××,还认得我吗?'

对方愣愣地呆望着你说:

'啊,有点面熟,你贵姓?'"

全班学生都笑起来,大概想象中那场面太滑稽太尴尬吧?

"所以说,爱的反面不是恨,是漠然。"

笑罢的学生能听得进结论吗?——只因为太年轻啊,爱和恨是那么容易说得清楚的一个字吗?

2.受创

来采访的学生在客厅沙发上坐成一排,其中一个发问道:

"读你的作品,发现你的情感很细致,并且说是在关怀,但是关怀就容易受伤,对不对?那怎么办呢?"

我看了她一眼,多年轻的额,多年轻的颊啊,有些问题,如果要问,就该去问岁月,问我,我能回答什么呢?但她的明眸定定地望着我，我忽然笑起来，几乎有点促狭的口气。

"受伤，这种事是有的——但是你要保持一个完完整整不受伤的自己做什么用呢？你非要把你自己保卫得好好的不可吗？"

她惊讶地望着我，一时也答不上话。

人生世上，一颗心从擦伤、灼伤、冻伤、撞伤、压伤、扭伤，乃至到内伤，哪能一点伤害都不受呢？如果关怀和爱就必须包括受伤，那么就不要完整，只要撕裂，基督不同于世人的，岂不正是那双钉痕宛在的受伤手掌吗？

小女孩啊，只因年轻，只因一身光灿晶润的肌肤太完整，你就舍不得碰碰撞撞就害怕受创吗！

3. 经济学的旁听生

"什么是经济学呢？"他站在讲台上，戴眼镜，灰西装，声音平静，典型的中年学者。

台下坐的是大学一年级的学生，而我，是置身在这二百人大教室里偷偷旁听的一个。

从一开学我就昂奋起来，因为在课表上看见要开一门《社会科学概论》的课程，包括四位教授来设"政治""法律""经济""人类学"四个讲座。想起可以重新做学生，去听一门门对我而言崭新的知识,那份喜悦真是掩不住藏不严,一个人坐在研究室里都忍不住要轻轻地笑起来。

"经济学就是把'有限资源'做'最适当的安排',以得到'最好的效果'。"

台下的学生沙沙地抄着笔记。

"经济学为什么发生呢?因为资源'稀少',不单物质'稀少',时间也'稀少',——而'稀少'又是为什么?因为,相对于'欲望',一切就显得'稀少'了……"

原来是想在四门课里跳过经济学不听的,因为觉得讨论物质的东西大概无甚可观,没想到一走进教室来竟听到这一番解释。

"你以为什么是经济学呢?一个学生要考试,时间不够了,书该怎么念,这就叫经济学啊!"

我愣在那里反复想着他那句"为什么有经济学——因为稀少——为什么稀少,因为欲望"而麻颤惊动,如同山间顽崖愚壁偶闻大师说法,不免震动到石骨土髓格格作响的程度。原来整场生命也可作经济学来看,生命也是如此短小稀少啊!而人的不幸却在于那颗永远渴切不止的有所索求,有所跃动,有所未足的心,为什么是这样的呢?为什么竟是这样的呢?我痴坐着,任泪下如麻不敢去动它,不敢让身旁年轻的助教看到,不敢让大一年轻的孩子看到。奇怪,为什么他们都不流泪呢?只因为年轻吗?因年轻就看不出生命如果像戏，也只能像一场短短的独幕剧吗？"朝如青丝暮成雪"，乍起乍落的一朝一暮间又何尝真有少年与壮年之分？"急罚盏，夜阑灯灭"，匆匆如赴一场喧哗夜宴的人生，又岂有早到晚到早走晚走的分别？然而他们不悲伤，他们在低头记笔记。听经济学听到哭起来，这话如果是别人讲给我听，我大概会大笑，笑人家的滥情，可是……。

"所以，"经济学教授又说话了，"有位文学家卡莱亚这样形容：经济学是门'忧郁的科学'……"

我疑惑起来，这教授到底是因有心而前来说法的长者，还是以无心来度脱的异人？至于满堂的学生正襟危坐是因岁月尚早，早如揭衣初涉水的浅溪，所以才凝然无动吗？为什么五月山桅子的香馥里，独独旁听经济学的我为这被一语道破的短促而多欲的一生而又惊又痛泪如雨下呢？

4. 如果作者是花

年年岁岁花相似，岁岁年年人不同。

诗选的课上，我把句子写在黑板上，问学生：

"这句子写得好不好？"

"好！"

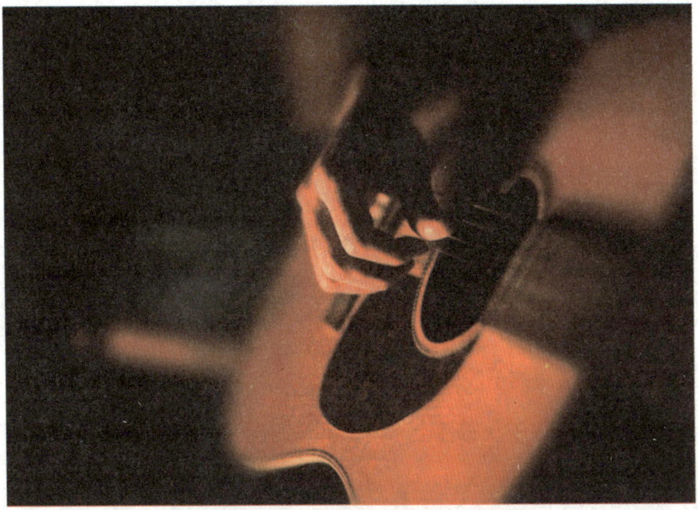

他们的声音听起来像真心的，大概在强说愁的年龄，很容易被这样工整、俏皮而又怅惘的句子所感动吧？

"这是诗句，写得比较文雅，其实有一首新疆民谣，意思也跟它差不多，却比较通俗，你们知道那歌词是怎么说的？"

他们反应灵敏，立刻争先恐后地叫出来：

> 太阳下山明早依旧爬上来，
> 花儿谢了明年还是一样的开。
> 美丽小鸟飞去不回头，
> 我的青春小鸟一样不回来，
> 我的青春小鸟一样不回来。

那性格活泼的干脆就唱起来了。

"这两种句子从感性上来说，都是好句子，但从逻辑上来看，却有不合理的地方——当然，文学表现不一定要合逻辑，但是我还是希望你们看得出来问题在哪里？"

他们面面相觑，又认真的反复念诵句子，却没有一个人答得上来。我等着他们，等满堂红润而聪明的脸，却终于放弃了，只因太年轻啊，有些悲凉是不容易觉察的。

"你知道为什么说'花相似'吗？是因为陌生，因为我们不懂花，正好像一百年前，我们中国是很少看到外国人，所以在我们看起来，他们全是一个样子，而现在呢，我们看多了，才知道洋人和洋人大有差别，就算都是美国人，有的人也有本领一眼看出住纽约、旧金山和南方小城的不同。我们看去年的花和今年的花一样，是因为我们不是花，不曾去认识花，体察花，如果我们不是人，是花，我们会说：

'看啊，校园里每一年都有全新的新鲜人的面孔，可是我们花却一年老似一年了。'

同样的，新疆歌谣里的小鸟虽一去不回，太阳和花其实也是一去不回的，太阳有知，太阳也要说：

'我们今天早晨升起来的时候，已经比昨天疲软苍老了，奇怪，人类却一代一代永远有年轻的面孔……'

我们是人，所以感觉到人事的沧桑变化，其实，人世间何物没有生老病死，只因我们是人，说起话来就只能看到人的痛，你们猜，那句诗的作者如果是花，花会怎么写呢？"

"年年岁岁人相似，岁岁年年花不同。"他们齐声回答。

他们其实并不笨，不，他们甚至可以说是聪明，可是，刚才他们为什么全不懂呢？只因为年轻，只因为对宇宙间生命共有的枯荣代谢的悲伤有所不知啊！

5. 高倍数显微镜

他是一个生物系的老教授，外国人，我认识他的时候他已经退休了。

"小时候，父亲是医生，他看病，我就站在他旁边，他说：'孩子，你过来，这是哪一块骨头？'我就立刻说出名字来……"

我喜欢听老年人说自己幼小时候的事，人到老年还不能忘的记忆，大约有点像太湖底下捞起的石头，是洗净尘泥后的硬瘦剔透，上面附着一生岁月所冲积洗刷出的浪痕。

这人大概注定要当生物学家的。

"少年时候，喜欢看显微镜，因为那里面有一片神奇隐秘的世界，但是看到最细微的地方就看不清楚了，心里不免想，赶快做出高倍数的新式显微镜吧，让我看得更清楚，让我对细枝末节了解得更透彻，这样，我就会对生命的原质明白得更多，我的疑难就会消失……"

"后来呢？"

"后来，果然显微镜愈做愈好，我们能看清楚的东西，愈来愈多，可是……"

"可是什么？"

"可是我并没有成为我自己所预期的'更明白生命真相的人'，

糟糕的是比以前更不明白了,以前的显微倍数不够,有些东西根本没发现,所以不知道那里隐藏了另一段秘密,但现在,我看得愈细,知道得愈多,愈不明白了,原来在奥秘的后面还连着另一串奥秘……"

我看着他清癯渐消的颊和清灼明亮的眼睛,知道他是终于"认了",半世纪以前,那意气风发的少年以为只要一架高倍数的显微镜,生命的秘密便迎刃可解,什么使他敢生出那番狂想呢?只因为年轻吧?只因为年轻吧?而退休后,在校园的行道树下看花开花谢的他终于低眉而笑,以近乎撒赖的口气说:

"没有办法啊,高倍数的显微镜也没有办法啊,在你想尽办法以为可以看到更多东西的时候,生命总还留下一段奥秘,是你想不通猜不透的……"

6.浪掷

开学的时候,我要他们把自己形容一下,因为我是他们的导师,想多知道他们一点。

大一的孩子,新从成功岭下来,从某一点上看来,也只像高四罢了,他们倒是很合作,一个一个把自己尽其所能地描述了一番。

等他们说完了,我忽然觉得惊讶不可置信,他们中间照我来看分成两类，有一类说"我从前爱玩，不太用功，从现在起，我想要好好读点书"，另一类说："我从前就只知道读书，从现在起我要好好参加些社团，或者去郊游。"

奇怪的是，两者都有轻微的追悔和遗憾。

我于是想起一段三十多年前的旧事，那时流行一首电影插曲（大约是叫《渔光曲》吧），阿姨舅舅都热心播唱，我虽小，听到"月儿弯弯照九州"觉得是可以同意的，却对其中另一句大为疑惑。

"舅舅，为什么要唱'小妹妹青春水里流（或"丢"？不记得了）'呢？"

"因为她是渔家女嘛，渔家女打鱼不能上学，当然就浪费青春啦！"

我当时只知道自己心里立刻不服气起来，但因年纪太小，不会说理由，不知怎么吵，只好不说话，但心中那股不服倒也可怕，可以埋藏三十多年。

等读中学听到"春色恼人"，又不死心的去问，春天这么好，为什么反而好到令人生恼，别人也答不上来，那讨厌的甚至眨眨狎邪的眼光，暗示春天给人的恼和"性"有关。但事情一定不是这样的，一定另有一个道理，那道理我隐约知道，却说不出来。

更大以后，读《浮士德》，那些埋藏许久的问句都汇拢过来，我隐隐知道那里有番解释了。

年老的浮士德，坐对满屋子自己做了一生的学问，在典籍册页的阴影中他乍乍瞥见窗外的四月，歌声传来，是庆祝复活节的喧哗队伍。那一霎间，他懊悔了，他觉得自己的一生都抛掷了，他以为只要再让他年轻一次，一切都会改观。中国元杂剧里老旦上场照例都要说一句"花有重开日，人无再少年"，（说得淡然而确定，也不知看戏的人惊不惊动），而浮士德却以灵魂押注，换来第二度的少年以及因少年才"可能拥有的种种可能"。可怜的浮士德，学究天人，却不知道生命是一桩太好的东西，好到你无论选择什么方式度过，都像是一种浪费。

生命有如一枚神话世界里的珍珠，出于沙砾，归于沙砾，晶光莹润的只是中间这一段短短的幻象啊！然而，使我们颠之倒之甘之苦之的不正是这短短的一段吗？珍珠和生命还有另一个类同之处，那就是你倾家荡产去买一粒珍珠是可以的，但反过来你要拿珍珠换衣换食却是荒谬的，就连镶成珠坠挂在美人胸前也是无奈的，无非使两者合作一场"慢动作的人老珠黄"罢了。珍珠只是它圆灿含彩的自己，你只能束手无策的看着它，你只能欢喜或喟然——因为你及时赶上了它出于沙砾且必然还原为沙砾之间的这一段灿然。

而浮士德不知道——或者执意不知道，他要的是另一次"可能"，像一个不知是由于技术不好或是运气不好的赌徒，总以为只要再让他玩一盘，他准能翻本。三十多年前想跟舅舅辩的一句话我现在终于懂得该怎么说了,打鱼的女子如果算是浪掷青春的话,挑柴的女子岂不也是吗?读书的名义虽好听,而令人眼目为之昏耗,脊骨为之佝偻,还不该算是青春的虚掷吗?此外,一场刻骨的爱情就不算烟云过眼吗?一番功名利禄就不算滚滚尘埃吗?不是啊,青春太好,好到你无论怎么过都觉浪掷,回头一看,都要生悔。

"春色恼人"那句话现在也懂了,世上的事最不怕的应该就是"兵来有将可挡,水来以土能掩",只要有对策就不怕对方出招。怕就怕在一个人正小小心心的和现实生活斗阵,打成平手之际,忽然阵外冒出一个叫宇宙大化的对手,他斜里杀出一记叫"春天"的绝招,身为人类的我们真是措手不及。对着排天倒海而来的桃红柳绿,对着蚀骨的花香,夺魂的阳光,生命的豪奢绝艳怎能不令我们张皇无措,当此之际,真是不做什么既要懊悔——做了什么也要懊悔。春色之叫人气恼跺脚,就是气在我们无招以对啊!

回头来想我导师班上的学生,聪明颖悟,却不免一半为自己的用功后悔,一半为自己的爱玩后悔——只因太年轻啊,只因年轻啊,以为只要换一个方式,一切就扭转过来而无憾了。孩子们,不是啊,真的不是这样的!生命太完美,青春太完美,甚至连一场匆匆的春天都太完美,完美到像喜庆节日里一个孩子手上的气球,飞了会哭,破了会哭,就连一日日空瘪下去也是要令人哀哭的啊!

辑四 晓风,杨柳岸

所以，年轻的孩子，连这个简单的道理你难道也看不出来吗？生命是一个大债主，我们怎么混都是他的积欠户，既然如此，干脆宽下心来，来个"债多不愁"吧！既然青春是一场"无论做什么都觉是浪掷"的憾意，何不反过来想想，那么，也几乎等于"无论诚恳地做了什么都不必言悔"，因为你或读书或玩，或作战，或打鱼，恰恰好就是另一个人叹气说他遗憾没做成的。

——然而，是这样的吗？不是这样的吗？在生命的面前我可以大发职业病做一个把别人都看作孩子的教师吗？抑或我仍然只是一个太年轻的蒙童，一个不信不服欲有辩而又语焉不详的蒙童呢？